Ana Jeromin

Amaias Lied

5 4 3 2 1
ISBN: 978-3-649-61687-0

Hafenweg 30, 48155 Münster

Text: Ana Jeromin
Dieses Werk wurde vermittelt durch die
Literarische Agentur Thomas Schlück GmbH, 30827 Garbsen
Umschlaggestaltung: Elsa Klever
Lektorat: Kristin Overmeier
Satz: Sabine Conrad, Rosbach
Printed in Germany
www.coppenrath.de

Das @book erscheint unter der ISB: 978-3-649-62203-1

ANA JEROMIN

HÖRE DEN ZAUBER UND DU BIST MEIN

COPPENRATH

Für Jule und Sabine

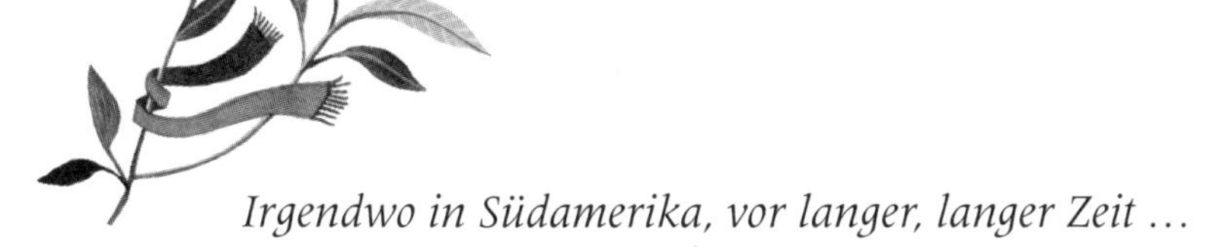

Irgendwo in Südamerika, vor langer, langer Zeit …

Der Tag, an dem das Unglück geschah, war sonnig und klar. Ein leichter, frischer Sommertag, der nichts Böses ahnen ließ.

Die Mädchen spielten unten am Fluss. Amaia konnte ihr Lachen und Kreischen bis in die Wohnstube hören. Sie hatte die beiden nach draußen gescheucht, damit sie ihr bei der Hausarbeit nicht zwischen den Füßen herumtobten. Aber wenn sie über die Veranda hinwegblickte, sah sie Sols neuen roten Seidenschal von Weitem in der Sonne leuchten. Ein sanfter Wind blies durch die weit geöffneten Fenster und trieb Sand und Staub aus den dunklen Ecken.

Amaia summte beim Fegen fröhlich vor sich hin. Es war Sols fünfter Geburtstag. Alle Verwandten würden kommen, selbst die aus Buenos Aires, denn es sollte ein großes Fest geben. Den ganzen Vormittag lang hatte Amaia gekocht und gebacken, Sols Lieblingsessen und vier verschiedene Kuchen, alles zu Ehren ihrer kleinen Prinzessin. Das ganze Haus duftete nach Gebäck und gebratenem Fleisch. Jetzt fehlten nur noch ein auf Hochglanz poliertes Wohnzimmer und die festliche Dekoration.

Amaia war so vertieft in ihre Planungen und die Vorfreude, dass ihr erst nach einer ganzen Weile auffiel, wie still es draußen geworden war. Stille war selten, wenn Sol und Luisa spielten – es sei denn, sie führten etwas im Schilde. Was heckten diese frechen Mädchen nur wieder aus?

Sie stellte den Besen in die Ecke und trat auf die Veranda hinaus. Von der Tür ihres kleinen Hauses konnte man ungehindert bis zum Fluss hinuntersehen.

Die Bucht war leer. Nur noch der rote Schal lag ordentlich zusammengefaltet unter einem Stein und flatterte im leichten Wind. Und der Urwald am anderen Ufer schwieg.

Der Tag, an dem das Unglück geschah, war sonnig und klar. Doch in Amaias Erinnerung würde der Tag, an dem sie ihre Kinder verlor, für immer grau und verregnet sein.

Die Stadt der tausend Lieder

»Du hast den Stadtplan nicht ernsthaft im Hotel liegen lassen!«

Marja drehte die Lautstärke ihres MP3-Players noch etwas höher. Begleitet von Schlagzeug und hüpfenden Gitarrenmelodien, sang die spanische Sängerin nun lauter, als ihr Vater sich beschweren konnte.

A volar cometas por el cielo ... como el sol, como el mar ...

»Wieso ich? Ich habe dich doch noch gefragt, ob *du* ihn eingesteckt hast, und du hast Ja gesagt!«

Die Verteidigung kam von ihrer Mutter. Ihre Stimme war heller und drang aufgeregt durch die Musik. Marja drückte die Stöpsel des Kopfhörers fester in die Ohren und starrte aus dem Zugfenster. Entlang der Bahnstrecke zog sich seit einer ganzen Weile das Meer weit und glitzernd dahin und spiegelte den blitzblauen Himmel. Das Rattern und Schaukeln des Zuges passte perfekt zum Takt der Musik. *La Oreja de Van Gogh* hieß die Band. Marja konnte zwar kein Spanisch, aber sie hatte das Album anlässlich ihres Spanienurlaubs von Tante Lena geschenkt bekommen und sich sofort in die fröhlichen Melodien verliebt. Den ganzen Urlaub schon hörte sie sie auf ihrem neuen MP3-Player rauf und runter, ob nun am Strand des Hotels in Calella, wo sie für zwei Wochen eine Familiensuite gebucht hatten, bei abendlichen Promenadenbummeln oder eben auf Ausflügen wie diesem – nach Barcelona, die Hauptstadt Kataloniens. Inzwischen konnte Marja alle Lieder auswendig mitsingen, obwohl sie kein Wort verstand.

Y dibujar mi nombre sobre el suelo … como el sol, como el mar …

»Maaarjaaa! Mir ist langweilig!«

Das war ihre kleine Schwester Paulina. Ihre Stimme setzte sich gegen die Musik am besten durch. Sechs Jahre alt und schon so eine ausgewachsene Nervensäge. Marja tat, als hätte sie nichts gehört.

»Du warst doch der Letzte im Zimmer! Hättest du nicht noch mal auf den Nachttisch gucken können?«

Wieder ihre Mutter. Marja verdrehte die Augen und riss sich widerwillig vom Meer draußen los. »Holt euch doch einfach in der Touristeninformation einen neuen Plan! So was wird es in Barcelona ja wohl geben.«

Für einen Moment waren ihre Eltern sprachlos. Ihre Mutter warf ihrem Vater einen Blick zu, der deutlich sagte: *Von mir hat sie diese Besserwisserei nicht!*

»Du könntest auch mal ausnahmsweise diese Stöpsel aus den Ohren nehmen und dich um deine Schwester kümmern, Fräulein«, erklärte sie dann spitz.

Paulina zupfte nachdrücklich am Ärmel von Marjas Shirt. »Liest du mir *Xander und Sally* vor!« Wie immer stellte sie ihre Frage so, dass sie wie ein Befehl klang. Dabei wedelte sie mit einem pinken Bilderbuch: Hänsel und Gretel mit Filly-Einhörnern und einer Menge Glitzer. Marja unterdrückte ein Stöhnen. Zu spät fiel ihr ein, dass sie jetzt nicht mehr so tun konnte, als würde sie über der lauten Musik nichts mitbekommen. Hätte sie sich doch bloß nicht eingemischt! Aber es war einfach zu anstrengend, um nichts dazu zu sagen. Diese Streiterei und der Stress, viel schlimmer als zu Hause! Dabei sollte das doch Urlaub sein ...

Trotzig nahm sie einen Kopfhörerstöpsel aus dem Ohr und ließ den anderen, wo er war. »Das haben wir schon tausendmal gelesen, Paulina. Außerdem ist das eine dumme Geschichte. Sich erst im Wald verlaufen und dann auf eine Hexe reinfallen – wie blöd kann man sein?«

»Marja!«, zischte ihre Mutter wütend.

»Ist doch wahr«, murmelte Marja störrisch.

Paulina sah sie währenddessen aus großen Augen an und schob die zitternde Unterlippe vor. Jede Sekunde würde sie anfangen zu heulen. »Mama! Marja hat gesagt ...«

»Wir sind doch sowieso gleich da«, unterbrach Marja

sie schnell, ehe ihre Schwester richtig losplärren konnte. Sie deutete auf den Bildschirm an der Rückwand des Waggons, wo ein roter Punkt blinkend die Haltestellen anzeigte. »Siehst du, nur noch drei Stationen bis zur *Plaça de Catalunya*. Das lohnt sich doch gar nicht.«

Damit steckte sie sich den zweiten Stöpsel wieder ins Ohr, drehte sich zurück zum Fenster und stellte die Musik so laut, dass es fast wehtat. Aber so musste sie wenigstens nicht zuhören, wie ihre Mutter Paulina besänftigte, die trotz allem zu flennen und zu schluchzen angefangen hatte, und ihr natürlich doch aus *Xander und Sally* vorlas.

Das Meer war inzwischen hinter einer Biegung verschwunden und sie fuhren zwischen Palmen und geduckten Häusern aus Sandstein hindurch. Noch drei Stationen, dachte Marja sehnsüchtig, dann kam sie endlich aus diesem stickigen Abteil heraus, und ihre Familie hatte hoffentlich endlich andere Dinge im Kopf, als sich gegenseitig zu stressen.

Und als hätten der Zug und die Musik ihre Gedanken gehört, verschluckte mit dem nächsten schmetternden Refrain die Dunkelheit eines Tunnels das Sonnenlicht, und sie fuhren hinein in das unterirdische Gleisnetz von Barcelona.

Das Erste, was Marja von der Hauptstadt Kataloniens hörte, nachdem sie aus dem Zug gestiegen waren, war Musik – und das, obwohl sie ihren MP3-Player widerstrebend ausgeschaltet hatte, als sie den Bahnhof erreichten. Ein lang gestreckter Gang, gekachelt wie ein Schwimmbad und übersät mit zahllosen Graffitis, brachte sie und ihre Familie zu der schmalen Treppe, die zurück in die oberirdische Welt führte. Straßenmusiker mit Gitarren und Panflöten saßen in diesem Gang und füllten ihn mit sommerlichen Melodien. Am liebsten wäre Marja stehen geblieben, um den jungen Männern ein wenig zuzuhören. Daheim in Deutschland hatte sie ein Klavier, auf dem sie leidenschaftlich gern spielte. Jetzt aber bekam sie richtig Lust, auch noch Gitarre zu lernen, damit sie sich irgendwann auch einmal in so einen Tunnel stellen und musizieren konnte. Aber ihre Mutter, Paulina fest an der Hand, drängte sie weiter, eisern entschlossen, so schnell wie möglich die Touristeninformation aufzusuchen, egal wie traurig Marja das auch fand.

Glücklicherweise erkannte sie schnell, dass es keinen Grund gab, an ihrer Enttäuschung festzuhalten. Barcelona, das wusste sie von der ersten Sekunde, als eine steile Rolltreppe sie zurück ins strahlende Licht der Nachmittagssonne beförderte, war eine Stadt der Lieder. Die Millionen plappernder Stimmen, die Autos, das Klingen der Gläser und Teller in den zahlreichen Restaurants und der Wind in den Bäumen entlang der *Ramblas*, der berühmten Flaniermeile Barcelonas, vereinten sich zu einem lebhaften, wunderbaren Konzert. Marja atmete tief ein und genoss das prickelnde

Gefühl, das sie bei dem Klang durchströmte. Sie war noch nie in so einer großen Stadt gewesen. Und Barcelona, das spürte sie, war ganz und gar verzaubert.

»Maaarjaaa!« Paulina brach den Zauber, wie nur kleine Schwestern es können: völlig rücksichtslos. »Marja, komm jetzt!« Sie winkte Marja ungeduldig zu. Und tatsächlich war ihre Familie schon einige Schritte voraus, ohne dass Marja es bemerkt hatte.

»Musst du immer so trödeln?«, beschwerte sich ihre Mutter. »Wir verlieren dich noch!«

»Bin ja schon da«, murmelte Marja genervt und beeilte sich, zu ihnen aufzuschließen. Wie viel schöner wäre es, wenn sie allein hier wäre! Dann könnte sie Barcelona auf eigene Faust erkunden. Die machten mit ihrer Hektik einfach alles kaputt. Aber mit solchen Ideen, das wusste sie, brauchte sie ihren Eltern gar nicht erst zu kommen. Es hätte nur wieder zu einer Diskussion geführt, was einem zwölfjährigen Mädchen zuzutrauen war und was nicht. Und bei solchen Diskussionen zog Marja immer den Kürzeren.

So trottete sie, nachdem ihr Vater endlich mit den Händen voller Pläne und Broschüren aus der Touristeninformation gekommen war, ziemlich lustlos hinter ihren Eltern her – und hinter Paulina, die alle fünf Schritte quengelte, dass ihr die Füße wehtaten, ihr zu heiß oder die Sonne zu hell war oder dass sie unbedingt ein Eis wollte.

Aber allzu lange konnte Marja ihre miese Stimmung

dann doch nicht aufrechterhalten. Die Stadt und ihre Musik, die sich mit jedem Schritt veränderte, lenkten sie zu sehr ab und ließen sie den Ärger auf ihre Familie schon bald völlig vergessen.

Nachdem sie eine Weile über den *Passeig de Gracia* gebummelt waren und in einem hübschen kleinen Café tatsächlich noch ein Eis gegessen hatten, machte sich die Familie auf den Weg die *Ramblas* hinunter in Richtung Meer. Auch auf der Flaniermeile gab es alle paar Meter etwas Neues zu bestaunen: Jungen, die Zaubertricks vorführten, bunte Stände voller Blumen, Zeitschriften und Andenken und Männer mit ockerfarbener Haut, die seltsam klingende Pfeifen verkauften. Und Musiker. Überall Straßenmusiker jeden Alters. Marja entdeckte sogar zwei Mädchen, die nicht älter sein konnten als sie selbst. In weißen Sommerkleidern standen sie auf einem kleinen Podest, hielten sich bei der Hand und sangen mit zarten Stimmchen ein spanisches Lied, das wie ein Schlaflied für Kinder klang.

Schon bald wusste Marja kaum noch, wo sie als Nächstes hinschauen sollte, und auch ihre Ohren kamen kaum nach, all die vielen neuen Geräusche aufzunehmen. Fasziniert blieb sie schließlich vor einer Figur auf einem Sockel stehen, um die sich eine große Menschentraube gebildet hatte. Marja hatte zunächst geglaubt, eine Bronzestatue vor sich zu haben. Doch plötzlich bewegte sich die Frau mit den Engelsflügeln, warf eine Kusshand in die Menge und lächelte strahlend, ehe sie wieder zu völliger Reglosigkeit erstarrte.

Marja blieb der Mund offen stehen. Hatte der Engel sich gerade wirklich bewegt? War das etwa ein Mensch? Sie sah genauer hin in der Hoffnung, die Statue noch einmal zucken oder wenigstens blinzeln zu sehen. Vergeblich. Sie rührte sich nicht.

In diesem Moment stupste jemand Marja in die Seite und sagte etwas auf Spanisch. Verwirrt sah sie sich um und blickte in das breit grinsende Gesicht eines Jungen. Er mochte etwa in Marjas Alter sein, vielleicht ein bisschen älter – dreizehn oder vierzehn vielleicht –, hatte mokkafarbene Haut, dunkelbraune Augen und wuschelige pechschwarze Haare. Sein Grinsen war so ansteckend, dass Marja es erwidern musste, ob sie wollte oder nicht.

»Entschuldigung, was hast du gesagt?«, fragte sie.

Der Junge wiederholte den Satz und deutete dabei auf Marjas Füße. Sie folgte seinem Fingerzeig mit den Augen und begriff. Ihr Schnürsenkel war offen!

»Oh.« Sie lächelte den Jungen an. »Danke.«

Der Junge lachte. »Biiitteschohn«, antwortete er, offensichtlich enorm glücklich darüber, dass er etwas auf Deutsch hatte sagen können. Dann griff er in seine abgetragene Umhängetasche und holte einen Zweig mit kleinen, dicken Blättern und winzigen hellvioletten Blüten hervor. »Hier. Geschenk.«

Marja nahm den Zweig vorsichtig entgegen, der einen feinen, aromatischen Duft an den Fingern hinterließ. »Danke«, sagte sie noch einmal.

Der Junge zuckte grinsend mit den Schultern und nickte. »Okay! Tschuuss!«

Damit wandte er sich ab und verschwand in der Menge, schneller, als Marja sich hinknien konnte, um ihren Schuh wieder zuzubinden.

»Hast du den gesehen, Mama?«, fragte sie von unten an die Beine gewandt, die neben ihr standen. »Der war ja witzig!«

Aber sie bekam keine Antwort.

»Mama?«, fragte Marja noch einmal etwas lauter, hob den Kopf – und stellte fest, dass sie mit den falschen Beinen gesprochen hatte. Sie gehörten einer dunkelhaarigen Frau, die verständnislos auf sie herunterlächelte.

»Sorry«, murmelte Marja eine Entschuldigung auf Englisch und wandte sich um in der Hoffnung, ihre Mutter auf der anderen Seite zu entdecken. Doch auch dort stand nur ein fremder Mann. Und als Marja sich daraufhin verwundert wieder aufrichtete, sich um ihre eigene Achse drehte und nach allen Seiten Ausschau hielt – da wurde ihr mit einem Mal bewusst, dass nicht nur ihre Mutter von ihrem Platz direkt neben ihr verschwunden war.

Ihre ganze Familie war weit und breit nirgendwo zu sehen.

Verloren

Als Marja endgültig begriff, dass sie in dieser riesigen, fremden Stadt allein war, wurde ihr zuerst sehr heiß. Dann wurde ihr kalt, ganz tief drin, wo ihr Magen saß. Und dann, nachdem sie ein paar Schritte hin und her gerannt und sogar auf einen Blumenkübel geklettert war, um fieberhaft nach ihren Eltern und Paulina Ausschau zu halten, wurde ihr schlecht.

Cool bleiben, versuchte sie sich verzweifelt selbst zu beruhigen und ließ sich mit zittrigen Beinen auf den Rand des Blumenkübels sinken. *Nur die Ruhe bewahren, Marja. Sie haben eben noch neben dir gestanden und sich die Engelsfrau angeschaut. Sie können gar nicht weit sein. Ruf sie einfach an, dann holen sie dich ab.*

Ja, anrufen, das war sicher das Beste, was sie tun konnte. Wenn ihre Mutter das Klingeln nur hörte! Und hoffentlich hatte sie daran gedacht, ihren Akku aufzuladen … Nervös tastete Marja in ihrer Umhängetasche nach dem Handy – und griff ins Leere. Zum zweiten Mal innerhalb weniger Minuten machte ihr Herz einen Satz vor lauter Schreck. Das konnte doch nicht wahr sein!

Sie riss den Reißverschluss so weit wie möglich auf und starrte in den leeren Beutel – der davon aber natürlich nicht weniger leer wurde. Es war weg. Alles. Das Handy, ihr MP3-Player und auch die kleine Geldbörse mit ihrem Urlaubsgeld. Marja musste nicht zweimal überlegen, wie das passiert war. Der grinsende Junge! Er hatte sie mit dem offenen Schnürsenkel abgelenkt, während ein Komplize ihre Sachen geklaut hatte. So etwas geschah in großen Städten, wo viele Touristen waren, angeblich ständig. Marja konnte gar nicht zählen, wie oft ihr Vater sie alle ermahnt hatte, gut auf ihre Sachen achtzugeben. Und wie sehr er dagegen gewesen war, dass Marja ihr Geld selbst bei sich trug, klang ihr auch noch deutlich in den Ohren. Aber dass sie tatsächlich bestohlen werden könnte, das hatte Marja doch nie geglaubt! Und dass ihr dabei noch viel mehr verloren gehen könnte als ihr Handy und ein paar Euro, das erst recht nicht. Denn jetzt wusste sie überhaupt nicht mehr, wie sie ihre Familie wiederfinden sollte.

Vergeblich versuchte Marja, die aufsteigende Panik in den Griff zu bekommen und die Tränen, die ihr in den Augen brannten, hinunterzuschlucken. Sie musste nachdenken. Irgendetwas musste ihr doch einfallen! Was hatte ihr Vater vorhin gesagt? Was wollten sie sich ansehen? Das *Barrio Gótico*? So oder so ähnlich musste es heißen. Wahrscheinlich eine Kirche oder so was. Was auch immer es war, wenn ihr jemand den Weg dorthin erklären konnte, würde sie ihre Eltern und Paulina dort sicher finden! Nur wen sollte sie fragen?

Verzweifelt sah Marja sich nach allen Seiten um. Die Stadt war voller Menschen, vor allem voller Touristen. Da musste doch jemand darunter sein, den sie auf Deutsch oder wenigstens Englisch ansprechen konnte. Und die Urlauber hatten bestimmt auch Stadtpläne, auf denen sie ihr den Weg zeigen konnten – wie es ihr Vater getan hätte, wenn ihn ein verlorenes Mädchen um Hilfe gebeten hätte ... Bei diesem Gedanken drückten die Tränen erneut gegen Marjas Augenlider, aber sie drängte sie tapfer zurück. *Los,* dachte sie und zwang sich, von dem Blumenkübel aufzustehen, obwohl ihre Beine immer noch so zittrig waren, dass sie das Gefühl hatte, kaum laufen zu können. *Das kann doch nicht so schwer sein!*

Entschlossen machte sie ein paar wackelige Schritte auf ein junges Paar zu, das an einem Stand mit Andenken und Blumen entlangbummelte und mit den blonden Haaren und den riesigen Sonnenbrillen wohl aus Deutschland stammen konnte.

»Entschuldigung?« Marja räusperte sich. »Ich suche das *Barrio Gótico*. Können Sie mir vielleicht helfen?«

Die Frau drehte sich zu ihr um und griff nach dem Arm ihres Begleiters. *»Mon Dieu!«*, rief sie, und Marja konnte sehen, dass sie die Situation sofort begriffen hatte. Darauf folgte ein wahrer Wortschwall, von dem Marja nicht ein Wort verstand.

Hilflos schüttelte sie den Kopf. »Entschuldigung, aber ich spreche kein Französisch …«

Die Frau schlug die Hand vor den Mund. *»Pardon, pardon, chérie!«* Dann deutete sie gestenreich in Richtung einer schmalen Straße, die ein paar Meter weiter von den *Ramblas* wegführte, und versuchte es mit gebrochenem Englisch. *»Barrio Gótico? Not far, little lady, not far. Barrio Gótico, there! Down the street. No worry. Dooown this little street. Okay?«*

Marja atmete erleichtert auf. Ihr Englisch war nicht besonders gut, aber das hatte sie zum Glück verstanden. Nicht weit, nur die Straße runter. Das war zwar keine besonders genaue Beschreibung, aber es klang auch nicht so, als wäre dieses *Barrio Gótico* schwer zu finden. Sie bedankte sich höflich und ließ sich von der fremden Frau geduldig durch die ohnehin zerzausten Locken streicheln.

»No worry, chérie«, wiederholte die Französin. *»All will be good.«*

Marja nickte tapfer. Ja, alles würde gut werden. Es musste einfach gut werden. Wenn sie bloß schnell dieses *Barrio Gótico* fand. Also marschierte sie entschlossen los, über die Straße hinweg, die die *Ramblas* von den Häusern trennte, und hinein in die Gasse, die die Frau ihr gezeigt hatte.

Sie hatte kaum den Menschenstrom hinter sich gelassen, als sich das Gesicht der Stadt ein weiteres Mal veränderte. Die Straße führte sie entlang einer Reihe von hohen Gebäuden, vorbei an etlichen winzigen Geschäften, die vollgestopft waren mit Krimskrams aller Art. Schon nach wenigen Metern entdeckte Marja einen Wegweiser, offensichtlich für Touristen aufgestellt, der mehrere Sehenswürdigkeiten auswies – unter anderem das *Barrio Gótico*. Sofort fühlte sie sich etwas sicherer, und ihr war auch kaum mulmig dabei, die Straße für eine noch schmalere Gasse zu verlassen, die schon bald eine weitere kreuzte und Marja weiter und weiter in ein verwinkeltes Netz hineinführte.

Zwischen den Häusern war es deutlich kühler als auf den *Ramblas*. Die hohen Gebäude schienen sich über die Gasse hinweg zueinander hin zu neigen, als wollten sie sich etwas zuflüstern. Staunend betrachtete Marja die unzähligen von Schlingpflanzen überwucherten Balkone und die Wäscheleinen, die von einer Straßenseite zur anderen aufgespannt waren. Sie konnte sich kaum vorstellen, dass hier wirklich ganz normale Leute wohnten, denn dazu wirkte dieses Viertel viel zu magisch. Alles schien von einem staubigen Goldschimmer bedeckt und selbst das Sonnenlicht wirkte gedämpft.

Marja folgte einer Gruppe chinesischer Touristen, die eifrig die hohen Gebäude fotografierten, und gelangte schließlich auf einen kleinen Platz. Vor einer der vielen Kirchen, die sich in diesem Viertel versteckten, hatten ein paar Cafébesitzer ihre Tische und Stühle aufgestellt. Und wie bei jeder Kirche, jedem Platz und imposanten Gebäude, an denen sie bisher vorbeigekommen war, keimte in Marja augenblicklich die Hoffnung auf, dies könnte nun endlich das *Barrio Gótico* sein. Doch auch diesmal wurde sie enttäuscht. *Basílica dels Sants Màrtirs Just i Pastor* stand auf einer kleinen Tafel. Wieder nichts.

Ernüchtert blieb Marja stehen und sah sich um. Nun wurde ihr auch bewusst, dass sie schon länger kein Schild mehr gesehen hatte, das ihr die Richtung wies. War sie hier überhaupt noch richtig? Wo war dieses *Barrio Gótico* denn nun? Die Französin hatte doch gesagt, es sei gar nicht weit!

Vielleicht, meldete sich ein zaghaftes Stimmchen in ihrem Hinterkopf zu Wort, *hättest du doch noch jemand anderen fragen sollen?* Marja biss sich auf die Unterlippe. Ja, das wäre vermutlich klug gewesen. Doch das Vertrauen in ihre Mitmenschen hatte durch den Zwischenfall mit dem Dieb einen nicht unbeachtlichen Knacks erlitten. Marja hatte das Gefühl, als könnte jeder einzelne Mensch um sie herum genauso gut ein Verbrecher sein. Sie schüttelte sich innerlich. Aber sie hatte keine andere Wahl, oder? Allein würde sie von hier aus nicht weiterfinden.

Ehe sie noch lange grübeln konnte, fasste sie sich ein

Herz und trat auf eine Gruppe einheimisch aussehender Mädchen zu, die im Schatten eines Orangenbaumes hockten und ein Eis aßen.

»Äh«, stammelte sie. »Entschuldigung … *Barrio Gótico*? Wo ist das?«

Die Mädchen schauten sie verdutzt an. Zwei von ihnen begannen zu kichern und am liebsten hätte Marja sich gleich wieder umgedreht. Die Dritte aber lächelte und schien, wenn auch nicht verständnisvoll, dann doch wenigstens freundlich zu sein. *»Barrio Gótico? Aquí«*, sagte sie und machte eine weit umfassende Bewegung mit den Armen. *»Estás dentro.«*

Verwirrt sah Marja sich um. *Aquí*? Was meinte sie denn bloß damit?

Jetzt stand das Mädchen auf und drehte sich mit ausgestrecktem Arm einmal im Kreis, was seine Freundinnen zu einem erneuten Lachanfall veranlasste. *»Barrio Gótico«*, sagte sie mit Nachdruck und grinste breit. *»Tooooodo eso.«*

Marja starrte sie an, noch genauso verwirrt wie vorher.

Doch dann, ganz langsam, begann sie zu begreifen, und das Herz rutschte ihr in die Hose. Sie hatte sich geirrt! Und wie sie sich geirrt hatte! Das *Barrio Gótico* war keine Kirche, kein Gebäude oder Platz oder eine andere Sehenswürdigkeit. Es war das *Stadtviertel*, durch das sie die ganze Zeit lief! Marja hatte das Gefühl, innerhalb weniger Sekunden etliche Zentimeter zu schrumpfen. Sie war umsonst hergekommen. Hier herumzulaufen, um ihre Familie wiederzufinden, war völlig sinnlos! Da hätte sie genauso gut auf den überfüllten *Ramblas* bleiben können. Wie dumm war sie eigentlich? Sie hätte einfach an diesem Blumenkübel warten sollen, bis ihre Eltern zurückgekommen wären, um sie zu suchen! Wieso hatte sie nicht sofort daran gedacht? Dann wären sie jetzt sicher schon längst wieder zusammen! Warum nur, warum musste sie nur immer alles besser wissen?

Und nun konnte Marja die Tränen nicht mehr zurückhalten. Hastig wandte sie sich um und rannte davon, weg von den Mädchen, die immer noch kicherten, in irgendeine Gasse. Schräge Blicke trafen sie von allen Seiten, aber niemand hielt sie auf. Halb blind stolperte Marja vorwärts, in die Richtung, von der sie glaubte, dass es die richtige sei. Sie musste zurück auf die *Ramblas*, so schnell wie möglich! Vielleicht war es noch nicht zu spät, vielleicht warteten ihre Eltern dort auf sie …

Aber wo waren die *Ramblas*? Sie war so oft abgebogen, dass sie sich überhaupt nicht mehr zurechtfand, und immer sah alles gleich aus. Marja lief und lief, bis sie vor Verzweiflung nicht mehr konnte.

Die Sonne war inzwischen schon fast bis auf die Giebel der Häuser gesunken. Schon bald würde es dunkel sein. Mit jedem Schritt wurde Marja langsamer. Ihre Beine fühlten sich furchtbar schwer an und ihre Füße schmerzten. Am liebsten hätte sie sich einfach hingesetzt und wäre nirgendwo mehr hingegangen. Was sollte sie bloß machen? Sie wusste ja nicht mal, wo der Bahnhof war, an dem sie angekommen waren. Und für die U-Bahn hatte sie dank dieses verflixten Diebs nun auch kein Geld mehr.

In diesem Moment hörte sie etwas. Ein Geräusch, das ihr bekannt vorkam – oder vielmehr ein Lied. Ein Lied, das sie heute schon einmal gehört hatte, kurz bevor dieser ganze Schlamassel angefangen hatte. Marja blieb stehen, reckte den Hals und lauschte. Ja, kein Zweifel. Das waren die beiden Mädchen! Die Sängerinnen in den weißen Sommerkleidern, die ihr auf den *Ramblas* aufgefallen waren! Es war dasselbe Lied, das sie auch gesungen hatten, als Marja mit ihrer Familie an ihnen vorbeigegangen war – eine einfache Melodie, die sich immer wiederholte. Trotz der leisen, hellen Stimmen übertönte es alle anderen Geräusche. Riesige Erleichterung durchströmte Marja. Endlich konnte sie sich nach etwas richten! Wenn sie die Mädchen fand, würde sie auch zu den *Ramblas* zurückfinden und von dort aus dann auch die Stelle, an der sie die Engelsfrau bestaunt hatte. Mit frischer Energie lief sie los, immer den Stimmen der Mädchen nach, die mal lauter, mal leiser klangen, aber nie ganz verstummten. Das Lied hatte offenbar unglaublich viele Strophen mit der immer gleichen Melodie – so eingängig, dass Marja schon nach kurzer Zeit begann mitzusummen. Das Lied zu singen, rief ein warmes, tröstliches Gefühl in ihr wach, und sie hatte sogar den Eindruck, die Stimmen der Mädchen noch besser hören zu können, wenn sie selbst sang.

Während sie weiter und weiter die verwinkelten Pfade entlangwanderte, auf die das Lied sie führte, wurden die Schatten länger und länger und die Gassen immer leerer. Die Geräusche der Stadt allerdings wurden zugleich lauter, als würden mit der Dämmerung Tausende von Menschen auf die Straßen strömen. Doch dort, wo Marja unterwegs war, traf sie mittlerweile nur noch auf vereinzelte Passanten. Wie lange war sie wohl schon unterwegs? Sie wusste es nicht und war auch nicht imstande, darüber nachzudenken. Mittlerweile befand sie sich in einem fast tranceartigen Zustand, nicht einmal ihre müden Füße spürte sie noch. Sie lief einfach weiter, lief und sang, lief und sang. Solange sie den Stimmen der Mädchen folgen konnte, war alles gut. Der Gedanke wiederholte sich wie ein Zauberspruch in ihrem Kopf. Es konnte gar nicht mehr weit sein bis zu den *Ramblas*, nicht mehr weit, und dann würde alles gut werden, da war sie sich ganz sicher. An die Tatsache, dass die Sonne unerbittlich sank, verschwendete sie keine Sekunde. Alles würde gut werden, wenn sie nur dem Lied weiter folgte.

Umso mehr traf es sie wie ein Schlag in den Magen, als sie schließlich um eine Ecke bog und die Mädchen nur wenige Meter entfernt vor ihr die Gasse entlangspazieren sah. Sie hielten sich an den Händen, und die weißen Kleider leuchteten in der Dunkelheit, die zwischen den hohen Häusern hing.

Marja blieb wie angewurzelt stehen. Das konnte doch nicht sein! *Das konnte einfach nicht wahr sein!*

»Hey!«, rief sie und schrak zusammen, als ihre Stimme laut von den Hauswänden widerhallte.

Aber die Mädchen drehten sich nicht einmal um. Singend verschwanden sie in einer weiteren Nebengasse. Ohne noch einen Augenblick darüber nachzudenken, rannte Marja los. Sie musste diese Mädchen einholen, sie mussten ihr den Weg zeigen, das war jetzt ihre letzte Chance!

Aber als sie um die Ecke stürmte, hinter der die weißen Kleider verschwunden waren, war dort niemand mehr zu sehen. Und selbst der Gesang, der Marja so lange begleitet hatte, war verstummt. Dunkel und still lag die Gasse vor ihr. Nur ein einziges Gebäude war erleuchtet. Warmes gelbes Licht strömte aus den großen Fenstern im Erdgeschoss und aus der weit geöffneten Tür. Über dem Eingang hing ein Schild, das das Gebäude als ein Restaurant oder eine Kneipe auswies: *Taberna de la Llorona*. Und unter dem Schild stand eine Frau, die Marja freundlich lächelnd entgegensah.

Wie von Furien gehetzt, war Amaia zur Bucht hinuntergerannt. Sie hatte die Namen ihrer Kinder gerufen, wieder und immer wieder, und war das Ufer ein ganzes Stück hinauf- und hinabgelaufen – ohne Erfolg.

Und als sie schließlich im Fluss stand, die Beine bis zur Hüfte umspült vom schlammbraunen Wasser, wusste ihr Verstand im Grunde schon längst, was geschehen sein musste, auch wenn ihr Herz sich noch weigerte, es zu glauben. Die Strömung. Es war die Strömung. Fast unsichtbar unter der träge dahintreibenden Wasseroberfläche zerrte sie an Amaias Kleid und drückte mit aller Kraft gegen ihre Waden, als hätte sie Freude daran, sie aus dem Gleichgewicht zu bringen. Sie war so stark. Viel zu stark für ein kleines Mädchen wie Sol und sogar für eine kräftige Zehnjährige wie Luisa …

Aber Amaia wehrte sich gegen den Gedanken. Es konnte einfach nicht wahr sein und sie durfte so etwas nicht denken! Wieder und wieder rief sie Sols und Luisas Namen, obwohl ihre Stimme längst nur noch heiser in ihrem Hals kratzte. Sie mussten sich irgendwo versteckt haben. Sicher hockten sie genau in diesem Moment irgendwo im Unterholz, beobachteten ihre verzweifelte Mutter und kicherten über den gelungenen

Streich. Ein Funke heißer, unvernünftiger Wut flammte in Amaias Brust auf. Wenn sie diese Teufelsbraten erwischte, würden sie ein Donnerwetter erleben! Mit zornigen Schritten watete sie zurück ans Ufer, wo der rote Schal noch immer im Wind flatterte, als wollte er sie auslachen, und brüllte erneut die Namen ihrer Töchter.

Doch sie erhielt keine Antwort. Und auch der Dschungel schwieg noch immer.

Die Taverne der weinenden Dame

Marja wusste zuerst nicht, was sie tun sollte, als die Frau ihr auf Spanisch etwas zurief und sie näher heranwinkte. Wo waren die Mädchen nur hin? Ohne das Lied fühlte Marja sich, als hätte sie plötzlich ein Loch in der Brust. Unwillkürlich tastete sie über ihr T-Shirt.

Noch einmal rief die Frau nach ihr. Es klang freundlich und auch ein wenig besorgt. Zögernd ging Marja auf sie zu. Die Mädchen waren einfach verschwunden, nachdem sie sie so in die Irre geführt hatten, dass sie nun wirklich jede Orientierung verloren hatte. Irgendjemand musste ihr helfen. Und vielleicht konnte sie sich dieser Frau ja irgendwie verständlich machen. Jetzt erst spürte Marja auch überdeutlich, wie erschöpft sie war. Die Beine waren schwer wie Bleiklumpen und der Magen schmerzte vor Hunger. Der Duft nach gebratenen Zwiebeln, Fleisch und Knoblauch, der aus der Wirtsstube drang, machte es nicht unbedingt besser. Die Müdigkeit und der Hunger betäubten jede Scheu vor fremden Menschen, die Marja noch am Nachmittag verspürt hatte.

»Hallo«, sagte sie, als sie bis auf wenige Schritte an die Frau herangekommen war. Sie auf Englisch anzusprechen, versuchte Marja gar nicht erst. Ihr fiel in diesem Moment keine einzige Vokabel mehr ein. »Ich bin Marja. Können ... Können Sie mir vielleicht helfen?«

Die Frau lächelte. Sie war sehr hübsch, fand Marja, mit ihrem schmalen, südländischen Gesicht, dem dicken schwarzen Haarzopf und den ebenso dunklen Augen. Sie sagte etwas auf Spanisch, doch es klang viel weicher als alles, was Marja bisher in ihrem Urlaub gehört hatte. Dabei legte die Frau ihr eine Hand auf die Schulter und rieb sich mit der anderen über den Bauch, ehe sie die geschlossenen Finger mehrmals zum Mund führte.

Marja konnte bloß nicken. Oh ja, sie hatte großen Hunger.

»Aber ich habe kein Geld«, versuchte sie noch zu erklären und zeigte ihre leere Umhängetasche. Doch die Frau schüttelte bloß abwehrend den Kopf und schob sie sanft ins Innere der Gaststube.

Drinnen war es kaum kühler als draußen. An den Wänden hingen bunte Tücher und etliche Traumfänger neben Ölbildern, die Berge und Dschungel zeigten. Außer Marja und der Frau war niemand da, die runden Tische aus grobem Holz waren allesamt verwaist.

Die Frau – sie war wohl die Besitzerin – bedeutete Marja, sich auf einen der Hocker an der Theke zu setzen, und verschwand hinter einem Glasperlenvorhang in der Küche. Eine Weile hörte Marja es klappern, dann kehrte die Frau zurück und stellte einen großen Teller mit Käse, Schinken, Wurst, Tomaten und Brot vor ihr hin und dazu ein großes Glas Zitronenlimonade.

Von dem wunderbaren Geruch wurde Marja ein wenig schwindelig. »Danke«, brachte sie gerade noch heraus. »Danke, danke!«

Dann machte sie sich mit Heißhunger über den Teller her, ohne einen Gedanken daran zu verschwenden, ob das unhöflich war oder nicht. Sie konnte sich nicht erinnern, wann ihr zuletzt ein Essen so gutgetan hatte. In Rekordzeit hatte sie alles hinuntergeschlungen, und auch von den schwarzen Oliven und dem Kartoffelomelette, das ihr die Frau wenig später noch dazustellte, ließ sie kaum etwas übrig. Dabei mochte sie eigentlich gar keine Oliven. Als sie schließlich den letzten Bissen mit dem letzten Schluck Limonade hinunterspülte, schien ihr das ganze Unglück, das sie an diesem Tag erlebt hatte, nur noch halb so schlimm.

Die Frau hatte sie währenddessen die ganze Zeit über schweigend und mit einem stillen Lächeln beobachtet. Jetzt nahm sie Marjas leeren Teller an sich und stellte ihn ins Spülbecken hinter der Theke. »Hat es dir geschmeckt?«, fragte sie dann.

Marja seufzte. »Ooh ja. Sehr gut, noch mal vielen …« Sie stutzte. Hatte die Frau gerade etwa Deutsch gesprochen? Sie horchte dem Klang nach, aber aus irgendeinem Grund hatte sie nicht das Gefühl, wirklich deutsche Wörter gehört zu haben. Aber warum hatte sie die Frau dann einfach so verstehen können?

Die Wirtin lächelte sanft. »Wundere dich nicht«, sagte sie, und nun war sich Marja sicher, dass sie tatsächlich spanisch sprach. »Diese Taverne ist einer der magischen Orte Barcelonas. Wer hier isst, lernt zu verstehen.«

Marja wusste nicht, was sie darauf antworten sollte. Ein magischer Ort? Das war doch total verrückt! Aber warum verstand sie auf einmal jedes Wort, das die Frau sprach und, was noch viel seltsamer war: Warum konnte sie auf einmal spanisch sprechen? Vielleicht war sie schon eingeschlafen und das Ganze war ein Traum? Oder es war tatsächlich Magie im Spiel. Ja, so musste es wohl sein. Sie wunderte sich selbst darüber, dass sie diese Tatsache einfach so akzeptieren konnte. Aber nach allem, was sie heute erlebt hatte, überraschte sie einfach gar nichts mehr.

»Also.« Die Frau lehnte sich vor und schenkte Marja von der Limonade nach. »Ich bin Amaia. Und du heißt Marja, sagtest du?«

»Ja, genau«, antwortete Marja.

»Ein schöner Name.« Amaia lächelte. »Also, Marja. Magst du mir deine Geschichte erzählen? Vielleicht kann ich dir wirklich helfen.«

Marja nickte. Ach, es fühlte sich so unglaublich gut an, endlich wieder mit jemandem reden zu können, der sie sofort verstand, ganz egal, wie merkwürdig und magisch das war!

»Ich mache mit meinen Eltern und meiner kleinen Schwester gerade Urlaub in Spanien und heute sind wir mit dem Zug nach Barcelona gefahren«, begann sie. »Wir haben einen Spaziergang auf den *Ramblas* gemacht, aber dann ... dann hab ich sie verloren und außerdem wurden mir noch mein Geld und mein Handy geklaut ...« Sie spürte, wie sich erneut Tränen in ihren Augen sammelten, als sie von ihren Erlebnissen berichtete. Und diesmal gab sie sich keine Mühe mehr, sie zurückzuhalten. Den ganzen Tag hatte sie all die Angst allein mit sich herumgetragen, jetzt war es endgültig zu viel. Hier, in diesem gemütlichen Schankraum, fühlte sie sich endlich sicher genug, um die ganze angestaute Verzweiflung herauszulassen. Unter Schniefen und Schluchzen erzählte sie Amaia von ihrem gescheiterten Versuch, ihre Familie im *Barrio Gótico* wiederzufinden, und wie sie den singenden Mädchen nur noch tiefer in die Irre gefolgt war, bis sie schließlich vor Amaias Taverne gestanden hatte.

Die Wirtin hörte aufmerksam zu und betrachtete sie mitfühlend. Zwischendurch reichte sie Marja ein Taschentuch, aber ansonsten unterbrach sie sie nicht ein einziges Mal. Auch als Marja geendet hatte, schwieg sie noch eine ganze Weile, die Stirn nachdenklich gekräuselt.

»Du armes Kind«, sagte sie schließlich. »Das muss furchtbar für dich gewesen sein. Aber weißt du was? Ich glaube nicht, dass du die Hoffnung aufgeben musst, nur weil dieser Tag jetzt vorbei ist. Sie sind bestimmt nicht ohne dich gefahren, sicher sind sie in einem Hotel und haben schon die Polizei verständigt, damit man nach dir sucht. Ach, zu dumm, dass ich heute Abend ganz allein hier bin. Die ersten Gäste werden bald kommen, da kann ich hier nicht weg, sonst wäre ich gleich mit dir zur Polizei gegangen.« Sie legte nachdenklich die Stirn in Falten. »Aber hör mal, wie wäre es denn, wenn du die Nacht über bei mir bleibst? Hier im Gasthaus gibt es genug Zimmer, in denen du deine Ruhe hast, auch wenn die Gäste nachher ein bisschen laut sein werden. Du hast den Schlaf doch sicher bitter nötig. Und morgen bekommst du ein ordentliches Frühstück, ehe wir zusammen zur Polizei gehen. Dann bist du im Nu wieder bei deinen Eltern. Einverstanden?«

Es hätte nicht viel gefehlt und Marja wäre bei diesem Vorschlag schon wieder in Tränen ausgebrochen. So viel Freundlichkeit und Hilfsbereitschaft war überwältigend, nachdem sie sich den ganzen Tag so allein gefühlt hatte. Dabei war sie doch sonst nicht so eine Heulsuse! Sie presste die Lippen zusammen und nickte. »Ja, sehr gern«, brachte sie heraus. »Danke!«

Amaia lächelte. »Ach was. Ich freue mich, wenn du bei mir bist.« Sie griff nach einer kleinen Lampe, in der eine Kerze brannte. »Komm mit. Ich zeige dir dein Zimmer.«

Marja nahm ihre Tasche und rutschte vom Hocker. Natürlich wäre es ihr noch viel lieber gewesen, wenn sie sofort zu ihren Eltern hätte zurückkehren können. Aber sie war sowieso hundemüde. Ein Zimmer war viel mehr, als sie noch vor einer halben Stunde zu hoffen gewagt hätte. Ein Bett zu haben, das würde wunderbar sein. Und endlich etwas Ruhe. Es gab wohl nichts, was sie jetzt dringender nötig hatte.

Das Zimmer, das Amaia für Marja vorgesehen hatte, lag im hinteren Teil des Gebäudes und halb unter der Erde – der Hitze wegen, wie Amaia erklärte. Auf dem Weg die Treppe hinunter zog sie frische Laken und eine Wolldecke aus einem Regal an der Wand.

»Du sollst dich wohlfühlen wie mein bester Gast«, sagte sie und lächelte.

Marja war inzwischen so erschöpft, dass sie sicher war, auch auf dem nackten Steinboden wunderbar schlafen zu können. Aber die kleine Kammer, die von einem breiten Bett und einem Wandschrank aus dunklem Holz fast ausgefüllt wurde, gefiel ihr sehr.

Amaia stellte die Lampe auf den Nachttisch. Durch das darüberliegende Fenster konnte Marja die Straße hinter dem Wirtshaus sehen, die silbrig vom Mondlicht beleuchtet wurde.

»Das Bad ist draußen auf dem Gang, einfach geradeaus den Flur entlang«, erklärte sie, während sie das Bett bezog und die Wolldecke darüberbreitete. »Brauchst du noch ein Hemd für die Nacht?«

Marja schüttelte den Kopf. Sie hatte das Gefühl, sich nicht eine Sekunde länger auf den Beinen halten zu können. Kurzerhand schlüpfte sie aus ihren Shorts und krabbelte im T-Shirt unter die Laken. Die Hose ließ sie einfach liegen, wo sie sie fallen gelassen hatte.

Amaia schüttelte nachsichtig den Kopf und stopfte die Decke um sie fest. Dann setzte sie sich auf die Bettkante und schenkte Marja ein wehmütiges Lächeln. »Wie du da so liegst, erinnerst du mich sehr an meine ältere Tochter, weißt du das?«

Marja sah sie verwundert an. »Deine Tochter?«

Amaia nickte. »Ja. Meine kleine Luisa. Sie war so alt wie du.« Sie seufzte schwer.

Marja runzelte fragend die Stirn. Amaia sah plötzlich so furchtbar traurig aus, dass sie sich selbst ganz niedergeschlagen fühlte. »Luisa ist ein schöner Name. Wo ist sie jetzt?«

Aber Amaia schüttelte den Kopf. »Wir können morgen darüber sprechen. Jetzt musst du dich ausruhen. Schlaf gut, *cariño*. Ich singe dir noch ein Schlaflied.«

Marja widersprach nicht. Sie konnte tatsächlich kaum noch die Augen offen halten. Sie war sogar so müde, dass sie sich nicht mal richtig wundern konnte, als Amaia kurz darauf begann, ein spanisches Lied zu singen – ein Lied, das Marja inzwischen sehr gut kannte. Sie hatte es schließlich den ganzen Abend selbst gesummt.

Es war das Lied der beiden Mädchen.

Aber Marja schaffte es nicht mehr, danach zu fragen. Und auch nicht, darüber nachzudenken, wohin die Mädchen wohl verschwunden waren. Eingehüllt in die Wärme der Decke und die tröstliche Melodie von Amaias Lied, fiel sie innerhalb von Sekunden in einen tiefen, traumlosen Schlaf.

Alejandro

Marja wusste nicht, wie lange sie geschlafen hatte, als ein Geräusch sie hochschrecken ließ. Blinzelnd setzte sie sich auf und versuchte, sich in der stockdunklen Kammer zu orientieren. Sie konnte nicht mehr als wenige Stunden geschlafen haben, denn ihr Körper fühlte sich noch immer matt und ganz zerschlagen an. Was hatte sie nur geweckt? Hätte sie nach diesem schlimmen Tag nicht schlafen müssen wie ein Stein?

In diesem Moment hörte sie es wieder: ein leises, aber energisches Klopfen. Marja fuhr heftig zusammen und drehte sich um. Augenblicklich begann ihr Herz, wild zu pochen. Da hockte jemand in dem engen Schacht zwischen dem Fenster und der Straße! Eine dürre Gestalt im spärlichen Mondlicht, nicht mehr als ein Schatten mit einem bleichen Gesicht, aus dem sie zwei dunkle Augen anstarrten.

»Hey!«, zischte die Gestalt gedämpft. »Psst. Keine Angst!«

Marja klammerte sich an die Wolldecke über ihren Beinen. »Wer bist du?«

»Pssst!«, wiederholte der Schatten, diesmal energischer. »Komm näher, dann kannst du mich besser sehen!«

Nur zögernd schlug Marja die Decke zurück. Mit zittrigen Beinen kletterte sie aus dem Bett und schlich zum Fenster. Draußen leuchtete die kleine Flamme eines Feuerzeugs auf – Sekundenbruchteile nur, aber es genügte.

»Du!«, keuchte Marja. Etwas anderes fiel ihr nicht ein. Das war der Junge! Der Dieb von den *Ramblas*! Ihre Gedanken überschlugen sich und der Schreck war mit einem Schlag verflogen. Was wollte *der* denn hier?

»Damit hast du nicht gerechnet, was?«, sagte der Junge und setzte sein ansteckendes Grinsen auf, an das Marja sich nur zu gut erinnerte.

Aber dieses Mal machte es sie furchtbar wütend. »Hau bloß ab!«, zischte sie. »Oder ich komm raus und knall dir eine!«

Der Junge starrte sie einen Moment verblüfft an. Dann lachte er leise und unverschämt. »Du würdest mich doch nie einholen.«

Marja schnaubte und ballte die Fäuste. Und dann fiel ihr etwas ein. Etwas, das sehr viel wichtiger war als die Genugtuung, diesem dreisten Kerl die verdiente

Ohrfeige zu verpassen. »Wo ist mein Handy?«, wollte sie wissen. »Und mein Geld?«

Der Junge zuckte grinsend die Schultern. »Wer weiß das schon so genau ...« Doch dann wurde sein Gesicht unvermittelt ernst. »Hör mal, wir haben keine Zeit für diesen Blödsinn. Du musst sofort mit mir mitkommen!«

Marja runzelte finster die Stirn. »Ja, klar. Wieso sollte ich? Komm du doch rein, wenn du dich traust.«

Der Junge schüttelte ungeduldig den Kopf. »Das ist kein Spaß, ehrlich!«, zischte er eindringlich. »Ich schätze, es ist dir noch nicht aufgefallen, aber du wirst von einer Hexe gefangen gehalten. Ich bin hier, um dich rauszuholen. Das ist deine letzte Chance – wenn du jetzt nicht mitkommst, lässt sie dich nie mehr weg.«

Marja starrte ihn verdutzt an. »Eine Hexe? Was erzählst du da für einen Blödsinn?«

»Das ist kein Blödsinn. Was glaubst du denn, wie du hierhergekommen bist? Bist du etwa nicht ein paar singenden Mädchen in weißen Kleidern gefolgt? Ich sage dir, sie hat dich mit diesem Lied verzaubert und hierhergelockt. Sie will, dass du bei ihr bleibst, weil du sie an ihre tote Tochter erinnerst.«

Marja rümpfte verächtlich die Nase und musterte den Jungen misstrauisch. Was war das nur für ein Quatsch? Hexen gab es nicht, nicht mal hier in Barcelona! Und wenn, dann waren sie bestimmt keine sanften, freundlichen Frauen wie Amaia!

»Jetzt stell dich doch nicht so dumm an!«, wisperte der Junge. »Wundert es dich denn gar nicht, dass du auf einmal Spanisch verstehst und du dich mit mir unterhalten kannst? Entweder bist du ein Naturtalent oder es ist doch ein magisches Lied und eine magische Taverne mit magischem Essen. Entscheide selbst – aber schnell!«

Bei seinen Worten lief Marja ein kalter Schauer den Rücken hinunter. Das Lied hatte sie ja tatsächlich hierhergeführt. War es nicht doch ein bisschen komisch, dass Amaia ihr ausgerechnet dieses Lied auch noch zum Einschlafen vorgesungen hatte? Und seit dem Essen konnte Marja Spanisch verstehen, das war nicht von der Hand zu weisen. Marja war bisher zu müde gewesen, um sich richtig darüber zu wundern, aber aus dem Mund dieses Jungen klang mit einem Mal alles erschreckend logisch. In dieser stillen Nacht, in dieser verzauberten Stadt schien plötzlich so vieles möglich …

Da meldete sich der Junge wieder zu Wort. »Und jetzt hat die Hexe dich eingesperrt, damit du nicht abhaust. Probier's aus, wenn du willst.«

Zögernd ging Marja zur Tür und drückte vorsichtig die Klinke herunter. Es knackte leise – doch die Tür regte sich nicht.

»Siehst du?« Die Stimme des Jungen klang triumphierend. Er hatte sich inzwischen am Rahmen des Fensters zu schaffen gemacht – das, wie Marja nun zum ersten Mal auffiel, auf ihrer Seite gar keinen Griff besaß und darüber hinaus offensichtlich mit einem Vorhängeschloss gesichert war. »Ich hab's dir ja gesagt.«

»Aber …«, wollte Marja protestieren, doch die aufsteigende Panik verengte ihr die Brust. Sie wollte es einfach nicht glauben. Aber in diesem Moment konnte sie kaum noch anders. »Wieso sollte sie mich denn einsperren? Das ergibt überhaupt keinen Sinn!«

Der Junge seufzte. »Lange Geschichte. Ich erzähl sie …« Er verstummte, und Marja sah, wie sein gesamter Körper sich anspannte. »Verflixt. Sie hat uns gehört! Sie kommt!« Mit einem Ruck riss er das Fenster auf. »Und sie hat die Kinder dabei! Schnell, wir müssen abhauen!«

»Aber …«, setzte Marja noch einmal an, doch der Junge ließ sie nicht ausreden.

»Komm schon!« Er kletterte bereits aus dem Schacht auf die Straße. »Beeil dich!«

Nun hörte auch Marja die Schritte auf dem Gang vor ihrem Zimmer. Viele Schritte. Große und kleine. Und mit einem Mal stieg grässliche Angst in ihr auf. Das leise Klopfen an der Tür ging ihr durch Mark und Bein.

»Marja?« Das war Amaias Stimme, freundlich und warm wie eh und je. Trotzdem kribbelte sie plötzlich unangenehm in Marjas Nacken. »Marja, ich habe jemanden reden gehört. Ist alles in Ordnung?«

Ein Schlüsselbund klimperte. Wenige Sekunden nur

und Amaia würde in ihrem Zimmer stehen. Ohne noch länger darüber nachzudenken, packte Marja sich Hose, Schuhe und ihre Umhängetasche und warf alles nach draußen auf die Straße, ehe sie, so schnell sie konnte, hinterherkletterte.

Der Junge wartete oben auf sie, mit ihren Sachen in den Händen. Unten im Zimmer knackte ein Schlüssel im Schloss und die Tür öffnete sich. »Marja?«

Der Junge versetzte ihr einen Stoß. »Renn!«

Und Marja rannte. Sie rannte, wie sie noch nie in ihrem Leben gerannt war, dem fremden Jungen nach, die Straße hinunter, als wäre ein Rudel Wölfe hinter ihnen her.

»Marja!«, hörte sie Amaia rufen. Verzweiflung schwang in ihrer Stimme mit. »Marja, warte doch! Komm zurück!«

Hinter ihnen öffnete sich knarrend die Tür der Wirtsstube, und als Marja einen hastigen Blick über die Schulter warf, sah sie eine Gruppe von sechs oder sieben Kindern, alle in weißen Nachthemden, die im Mondlicht gespenstisch leuchteten. Sie sangen. Sie sangen das Schlaflied. Warm und süß vibrierte es in Marjas Brust. Ohne dass sie es wollte, wurden ihre Schritte langsamer. Die Melodie betäubte die Angst, bis sie sie kaum noch spüren konnte. Warum lief sie noch mal weg? Ja, warum eigentlich? Schwer atmend blieb sie stehen und drehte sich um.

»Marja!« Auch Amaia stand jetzt auf der Straße und

streckte den Arm nach ihr aus. Sie hob die Stimme kaum, flüsterte beinahe, und trotzdem konnte Marja selbst auf die Entfernung jedes Wort verstehen. »Marja, Liebes ... bitte ... hab keine Angst vor mir! Ich will dir nur helfen! Bitte! Komm zurück und alles wird gut ...«

Alles wird gut. Tonlos wiederholte Marja Amaias Worte und langsam, Schritt für Schritt, ging sie die Straße zurück auf sie zu. *Alles wird gut. Alles wird gut. Alles wird ...*

Eine kräftige Hand packte sie grob am Arm und zerrte daran. Der Schmerz riss Marja aus der Versunkenheit.

»Hör nicht hin!« Das Gesicht des Jungen war käseweiß und auf seiner Stirn standen Schweißperlen. »Lauf einfach!«

Fast willenlos stolperte Marja wieder vorwärts. Wie im Traum ließ sie sich von dem fremden Jungen mitziehen, um eine Ecke und dann um noch eine, weiter und immer weiter. Dumpf hörte sie weit hinter sich Amaia kreischen und heulen. Ihre mit einem Mal grässlich schrille Stimme zerschlug auch den letzten Rest des Banns, der Marja gefangen gehalten hatte.

»Das wirst du mir büßen, Alejandro! Hörst du das? Du wirst büßen! *Büüüüßeeeen!*«

Noch eine Ecke und dann noch eine. Immer weiter, bis Marja so außer Atem war, dass sie glaubte, gleich umzufallen. Aber sie blieben nicht stehen. Das Echo des Liedes und Amaias Kreischen verklangen in der

Ferne. Die Nacht wurde wieder still. Nur noch das Platschen von Marjas nackten Füßen auf den Steinen und das dumpfe Geräusch der Turnschuhe des Jungen begleiteten das Keuchen ihres Atems.

Endlich blieben die beiden stehen und lehnten sich völlig erschöpft an eine Hauswand. Es dauerte eine ganze Weile, bis die Luft nicht mehr so sehr in ihren Lungen brannte, dass sie miteinander sprechen konnten.

»Na«, sagte der Junge nach einer ganzen Weile endlich. Er japste nur noch ein ganz kleines bisschen. »Das ist ja gerade noch mal gut gegangen.«

Marja nickte nur. Ihr war zum Heulen zumute. Und sie wollte gar nicht darüber nachdenken, was da gerade passiert war. Dass Amaias wahres Gesicht so Furcht einflößend war, das hätte sie nie geglaubt, niemals!

Der Junge betrachtete sie mitleidig. Dann löste er sich von der Wand, ließ Marjas Schuhe und die Tasche vor ihre Füße fallen und hielt ihr die Hose hin.

»Du bist also Marja?«, fragte er.

Dankbar griff Marja nach der Hose und nickte noch einmal. »Und du wohl Alejandro?« Ihre Stimme klang immer noch ganz flach, weil sie nicht richtig Luft bekam.

»Mmh-hmm«, machte der Junge zustimmend. Mit leicht schief gelegtem Kopf beobachtete er, wie Marja in ihre Klamotten schlüpfte. Im spärlichen Licht konnte sie nicht erkennen, ob er sich dabei über sie lustig machte, aber das war ihr jetzt auch egal. Sie war einfach nur erleichtert, nicht länger halb nackt zu sein. Vollständig angezogen fühlte sie sich zumindest ein bisschen weniger verloren.

Marja hatte gerade ihre Schuhe zugebunden, als eine schmale braune Hand direkt unter ihrer Nase auftauchte. Sie sah auf und Alejandro lächelte sie an. »Na dann, Marja«, sagte er. »Willkommen in meiner Stadt. Du brauchst keine Angst mehr zu haben. Denn von jetzt an passe ich auf dich auf.«

Eine nächtliche Wanderung

»Deine Stadt?« Ein bisschen skeptisch sah Marja auf Alejandros Hand. Er hatte sie gerettet, so viel war klar. Und sie zweifelte inzwischen auch nicht mehr die Spur daran, dass Amaia und ihre Kinder wirklich gefährlich waren. Amaias grässliches Gebrüll würde sie so schnell nicht vergessen. Aber jetzt, wo wenigstens der erste Schreck langsam verblasste, fiel Marja auch wieder ein, was Alejandro getan hatte, *bevor* er so unerwartet aufgetaucht war, um sie aus dem Gefängnis der Hexe zu befreien. »Was meinst du denn damit?«

Alejandro steckte die Hand wieder in die Hosentasche, als hätte er gar nicht gemerkt, dass Marja sie nicht nehmen wollte. Stattdessen grinste er selbstbewusst. »Na, Barcelona ist mein Revier. Niemand kennt sich hier besser aus als ich, darauf kannst du wetten. Solange ich bei dir bin, kann dir nichts passieren.«

Marja runzelte die Stirn. Das klang nun doch ein bisschen sehr angeberisch. »Oh, perfekt«, konterte sie herausfordernd. »Dann kannst du mich ja sicher auch gleich zur Polizei bringen. Oder nein – so ein mieser kleiner Dieb wie du traut sich das wahrscheinlich nicht, was?«

Alejandro verengte die Augen. »Hey, ein bisschen mehr Respekt, ja? Ich hab dich gerade gerettet, schon vergessen?«

Marja schnaufte. »Gerettet, ja sicher! Wegen *dir* hab ich meine Familie doch überhaupt erst aus den Augen verloren! So oft kannst du mich gar nicht retten, damit du das wiedergutmachst!«

Sie hatte eigentlich nicht schon wieder weinen wollen. Aber in diesem Augenblick kippte ihre Stimme gefährlich um und es brannte hinter ihren Lidern.

Doch immerhin hatte sie offenbar Eindruck auf Alejandro gemacht, denn er musterte sie bestürzt. »Wegen mir?«

»Ja, wegen dir! Weil du mich beklaut hast, habe ich nicht aufgepasst, und jetzt …« Marja schniefte wütend und wischte sich über die Augen.

»Oh.« Alejandro sah nun tatsächlich betroffen aus. »Das … tut mir leid. Ehrlich.«

Marja schluckte tapfer gegen den dicken Kloß in ihrem Hals an. »Schon okay«, murmelte sie. »Bring mich einfach zur Polizei.«

Alejandro dachte einen Moment darüber nach. »Pass

auf. Ich mach dir einen Vorschlag«, sagte er dann. »Ich bin hundemüde und du doch auch. Wie wär's, du kommst erst mal mit in mein Versteck. Da können wir sicher schlafen und du kriegst deine Sachen wieder. Und morgen früh sehen wir dann weiter.«

Marja überlegte. Natürlich wäre sie am liebsten sofort zu ihrer Familie zurückgekehrt. Aber dann dachte sie an ihren nagelneuen MP3-Player, an ihr Handy und die vielen schönen Fotos, die sie damit schon gemacht hatte. Die wollte sie wirklich gern wiederhaben ...

»Hier sollten wir jedenfalls nicht mehr lange herumstehen«, sagte Alejandro. »Die Taverne ist noch viel zu nah. Und die Hexe sucht bestimmt noch nach uns.«

Das sah Marja sofort ein. Schnell traf sie ihre Entscheidung. »Na gut, gehen wir zu dir. Aber morgen hilfst du mir, meine Eltern zu finden. Das musst du versprechen, hoch und heilig!«

Alejandro hob zwei Finger zum Schwur. »Ehrenwort!« Er sah erleichtert aus. »Also, dann komm. Machen wir, dass wir von hier wegkommen.«

Und das ließ sich Marja nicht zweimal sagen. Sie ließ sich von Alejandro durch die schlafenden Wohnviertel Barcelonas führen, kreuz und quer, links und rechts, über verlassene Plätze und durch enge Gassen voll bizarrer Schatten. Alejandro schien sich auch blind in diesem verwirrenden Netz zurechtzufinden, und schon bald begriff Marja tatsächlich, warum er Barcelona mit solcher Sicherheit als *seine* Stadt bezeichnete. Eine Stadt, die inzwischen fast völlig still geworden war. Nur ein leichter warmer Wind strich über das glatte Pflaster und zupfte flüsternd an Marjas Haaren. In der Ferne johlten und lachten ein paar betrunkene Jugendliche. Ab und zu brummte der Motor eines Autos. Sonst war nichts zu hören.

Marja war inzwischen so erschöpft, dass sie gar nicht mehr richtig darauf achtete, wohin sie eigentlich gingen. Sie sah nur noch auf ihre Füße und konzentrierte sich darauf, einen vor den anderen zu setzen – bis Alejandro plötzlich den Arm ausstreckte und sie so daran hinderte weiterzugehen.

»He, fall nicht!«

Überrascht sah Marja auf und bemerkte, dass sie kurz davor gewesen war, eine Treppe hinunterzustolpern, die in einen betonierten Schacht führte. Ein weißes »M« in einer roten Raute prangte über dem Eingang, daneben ein gelbes Quadrat, in dem »L4« stand und der Schriftzug »Jaume I«. Aus der Tiefe des Schachtes drang das Rattern und Zischen einer abfahrenden Bahn in die nächtliche Stille hinauf. Eine Metrostation.

»Komm«, sagte Alejandro und war schon auf dem Weg die Stufen hinunter.

Marja war so verdutzt, dass sie einfach hinter ihm herstolperte. Erst als sie am Fuß der Treppe vor den niedrigen Gittertoren standen, die den Zugang zum Bahnsteig versperrten, fand sie ihre Sprache wieder.

»Willst du etwa mit der Metro fahren? Aber …«,

fing sie an, doch da war Alejandro schon leichtfüßig über eines der Tore hinweggeklettert.

»Na los.« Er sah sie auffordernd an. Als Marja zögerte, seufzte er. »Es ist fünf Uhr morgens, Marja. Um die Uhrzeit kontrolliert da noch niemand. Und wenn doch, dann steigen wir eben aus!«

Widerwillig näherte Marja sich ebenfalls dem Tor. Direkt daneben gab es einen kleinen Schlitz, in den man sein Ticket stecken sollte, damit es sich öffnete. Marja hatte kein Ticket, und es sah auch nicht so aus, als ob sie ohne Geld eine Möglichkeit hätte, an eines heranzukommen. »Das ist illegal«, stellte sie fest.

Alejandro seufzte noch einmal. »Aber zu Fuß ist es zu weit bis nach Poblenou. Das kannst du mir glauben. Also, komm schon.«

Aber Marja war nicht bereit, ihre Prinzipien so schnell über den Haufen zu werfen. Nur weil er ein kleiner Gauner war, musste sie da noch lange nicht mitziehen, oder?

»Dann bleiben wir eben hier und gehen doch zur Polizei«, erklärte sie mit Nachdruck.

Alejandro verdrehte ein wenig genervt die Augen. »Das ist doch nicht dein Ernst. Hör mal, die Polizeistation ist in der komplett anderen Richtung. Ich laufe jetzt bestimmt nicht den ganzen Weg wieder zurück. Wenn du da unbedingt noch heute Nacht hinwillst, musst du schon allein gehen.«

Marja biss die Zähne zusammen, bis es knirschte.

Aber sie hatte keine Wahl, das wusste sie selbst. Natürlich konnte sie nicht allein losziehen. Sie würde sich nur wieder verlaufen und am Ende nirgendwo hinfinden in dieser grässlichen Stadt, die inzwischen überhaupt nicht mehr schön war, sondern Marja geradezu bösartig erschien. Sie hatte keine Ahnung, wo die nächste Polizeistation war und die *Ramblas* konnten inzwischen wer weiß wie weit weg sein. Nein, die letzte Chance, ihre Eltern zu finden, hieß nun Alejandro, ob ihr das gefiel oder nicht.

In den düsteren Tiefen des U-Bahn-Tunnels hörte Marja wieder das Rattern, das die Einfahrt der nächsten Bahn ankündigte, begleitet von einem schwülen Windstoß.

»Also?« Alejandro sah Marja abwartend an. »Ich fahre jetzt auf jeden Fall. Kommst du mit?«

Nein, sie hatte wirklich keine Wahl. Resigniert packte Marja das Gittertor mit beiden Händen und kletterte hinüber. Sie konnte mit Alejandro gehen oder sie konnte allein bleiben. Und allein sein, das wollte sie hier in Barcelona ganz bestimmt nicht mehr. Nicht eine einzige Minute.

Die Nachtwächter von Poblenou

Sie wurden nicht erwischt. Wie Alejandro gesagt hatte, war so früh am Morgen noch kein Mensch in der Metro, und schon gar kein Kontrolleur. Wohler fühlte Marja sich deshalb aber trotzdem nicht, und sie war erleichtert, als sie nur eine Viertelstunde später an einer Station ausstiegen, die von der freundlichen Ansagestimme als *Poblenou* angekündigt wurde. Am Horizont schimmerte bereits ein heller Streifen in silbrig Weiß und Zartrosa. Der Morgen brach an, nach einer Nacht, die Marja inzwischen geradezu endlos schien.

Alejandro hatte kein Wort mehr gesagt, seit sie über das Gittertor geklettert und ihm gefolgt war. Und auch jetzt führte er sie schweigsam durch die leeren Straßen, die im Vergleich zum *Barrio Gótico* geradezu breit und offen wirkten, mit modernen Häusern und Bäumen am Straßenrand – als wären sie plötzlich in einer ganz anderen, viel kleineren Stadt gelandet. Aus der Ferne wehte ein leichter, salziger Seewind heran.

»Weißt du«, sagte Alejandro, nachdem Marja bereits glaubte, er würde nie wieder den Mund aufmachen, »ich bin mir nicht sicher, ob das vorhin richtig bei dir angekommen ist. Aber es tut mir wirklich leid, dass ich deine Sachen geklaut habe. Hätte ich gewusst, dass dadurch die Hexe eine Chance bekommt, dich einzufangen, hätte ich es nie gemacht, ehrlich!«

Marja sah ihn schräg von der Seite an. »Das macht es nicht wirklich besser.«

Alejandro seufzte. »Ich weiß. So war's auch nicht gemeint. Hör mal, das klingt jetzt vielleicht komisch, aber ich kenne Amaia schon seit ein paar Jahren, und du kannst mir glauben, ich gönne dieser Hexe nichts!« Obwohl er mit gedämpfter Stimme sprach, war eine bittere Wut nicht zu überhören. »Es ist nämlich so: Ich war mal in derselben Situation wie du.«

Marja blieb vor Überraschung stehen. »Du hast deine Eltern auch verloren?« Unwillkürlich stieg Mitgefühl in ihr auf – obwohl sie gerade mit Alejandro wirklich kein Mitleid haben wollte.

Aber Alejandro ging einfach weiter und schüttelte abwehrend den Kopf. »Nein, nein. Das nicht«, gab er zu. »Zumindest nicht so wie du. Ich bin schon so lange auf der Straße zu Hause, ich weiß nicht einmal mehr, wie meine Eltern ausgesehen haben. Aber …« Marja sah, wie seine Hände sich zu Fäusten ballten. »Ich bin auch einmal den *Verlorenen Kindern* gefolgt. Und ich habe in Amaias Taverne gegessen.«

Die *Verlorenen Kinder* … Ein kalter Schauer lief über Marjas Rücken, als sie an den Gesang der weiß gekleideten Jungen und Mädchen dachte. Es gab keinen Zweifel daran, dass Alejandro diese Kinder meinte. Wo waren sie überhaupt hergekommen? Waren sie die ganze Zeit über dort im Gasthaus gewesen, schon während Marja im Schankraum gegessen und mit Amaia gesprochen hatte? Hatten sie sie vielleicht sogar beobachtet und ihrer Geschichte gelauscht? Bei der Vorstellung bekam Marja eine Gänsehaut.

Alejandro nickte, als wüsste er genau, was sie dachte. »Sie sammelt sie«, flüsterte er, und es war klar, dass er Amaia meinte. »Kinder ohne Eltern. Kinder, die nicht wissen, wohin sie gehen sollen. Kinder, die verloren sind. Für sie ist ihr Lied gedacht. Nur auf sie wirkt der Zauber.« Alejandro schluckte schwer, als würden die Worte wie ein Kloß in seinem Hals stecken. »Und nur die Verlorenen Kinder können die Taverne sehen. Für alle anderen ist sie ein leerstehendes Haus. Oder hast du dich etwa nicht gewundert, warum außer dir überhaupt keine Gäste im Schankraum waren?«

Marja rieb sich über den Unterarm, um die Gänsehaut zu vertreiben. Es stimmte, sie war allein gewesen. Amaia hatte zwar gesagt, dass noch Gäste kommen würden, aber war es nicht schon spät gewesen, als sie in der Taverne ankam? Hätten nicht wenigstens ein paar Leute dort sitzen sollen? Bestimmt hatte Alejandro recht. Und Marja fühlte sich immer dümmer, weil sie auch nur eine Sekunde auf Amaia hereingefallen war.

In diesem Moment blieb Alejandro abrupt stehen und drehte sich zu Marja um. »Fast hätte ich's vergessen! Warte mal.« Er kramte in seiner Hosentasche und zerrte kurz darauf einen abgegriffenen Kugelschreiber hervor. »Zeig mal dein Handgelenk.«

Verwirrt streckte Marja ihm die Hand hin. »Was soll das denn nun wieder werden?«

Alejandro griff nach ihrem Arm, und ehe Marja sichs versah, hatte er ohne abzusetzen einen fünfzackigen Stern auf ihr Handgelenk gemalt. Er drückte dabei so fest auf, dass er zusammen mit dem letzten Strich einen blutigen Kratzer in ihre Haut ritzte.

»Au!« Marja riss ihre Hand zurück. »Spinnst du?«

Aber Alejandro sah ihr nur ernst ins Gesicht. Im fahlen Morgenlicht wirkten seine braunen Augen fast schwarz. »Das ist ein Schutzzeichen«, erklärte er. »Damit sie dich nicht mehr finden kann.«

Marja presste die Lippen zusammen und rieb sich vorsichtig das Handgelenk. Die Haut unter dem Stern brannte und kribbelte. Ein Schutzzeichen? Mit Kugelschreiber gemalt? So was hatte sie ja noch nie gehört. Und das sollte helfen? Doch als sie einen Blick auf Alejandros nackten Arm warf, sah sie an seinem Handgelenk ebenfalls einen fünfzackigen Stern. Zumindest er schien daran zu glauben. Und schaden würde es ja wahrscheinlich nicht.

Alejandro nickte ihr zu und setzte sich wieder in Bewegung. »Na jedenfalls«, fuhr er dann fort, als hätte er seine Erklärungen niemals unterbrochen, »fängt die Hexe mit diesem Lied die verirrten Kinder ein und behält sie dann bei sich. Wenn du dem Lied zu lange zuhörst ... dann wirst du eins von ihnen, ein Verlorenes Kind, und musst für immer in ihrem Chor mitsingen.« Er schüttelte sich bei dem Gedanken. Dann ballte er die Faust und ein grimmiges Funkeln leuchtete in seinen Augen auf. »Aber ich bin ihr entwischt, bevor sie mich zu einer ihrer seelenlosen Puppen machen konnte! Und ich will nicht, dass noch irgendjemand anders dieses Schicksal erleiden muss. Darum befreie ich ihre Gefangenen, wann immer ich kann!«

Da war Triumph in seiner Stimme, aber auch Kummer. Sein Gesicht verzog sich einen Moment lang, als hätte er Schmerzen.

Auch Marja fühlte sich immer elender, je länger sie Alejandro zuhörte. Sie hatte Amaia vertraut, nur weil sie ein bisschen freundlich zu ihr gewesen war – genau wie Hänsel und Gretel in dem Märchen. Nie wieder, dachte Marja, nie wieder würde sie Paulina vorwerfen, dass ihre Lieblingsgeschichte dumm war! Bei dem Gedanken an ihre kleine Schwester stiegen ihr unweigerlich Tränen in die Augen, und sie senkte den Kopf und starrte auf ihre Schuhe, damit Alejandro nichts davon mitbekam. Wie ging es Paulina wohl gerade? Ob sie große Angst um Marja hatte? *Wenn ich erst wieder da bin,* versprach Marja ihr stumm und unterdrückte mit Mühe ein Schniefen, *dann lese ich dir so oft Filly-Bücher vor, wie du willst!*

Sie war so darauf konzentriert, sich ihre Verzweiflung nicht anmerken zu lassen, dass sie beinahe in Alejandro hineingerannt wäre, als dieser ein weiteres Mal unerwartet stehen blieb.

»Hey.« Er drehte sich zu ihr um und grinste schief. »Aufwachen. Wir sind da.«

Marja sah sich um. Sie standen vor einer hohen Mauer aus hellgrauem Stein, die sich links und rechts etliche hundert Meter weit die Straße entlangzog. Marja warf Alejandro einen verwirrten Blick zu. Wie hatte er das gemeint, sie waren da? Aber noch bevor sie die Frage laut stellen konnte, spitzte er schon die Lippen und pfiff. Es klang wie ein kleiner Vogel, der sein Morgenlied sang. Und nur Sekunden später wurde von der anderen Seite der Mauer eine Strickleiter herübergeworfen.

Mit offenem Mund starrte Marja auf die Leiter, die ganz sicher aus verschiedenen Seilresten und Treibholz selbst zusammengeknüpft war. Wer hatte die über die Mauer geworfen?

Alejandro lachte leise und stupste sie zwischen die Schulterblätter. »Na los! Oder brauchst du Hilfe?«

Marja brauchte keine Hilfe. Und sie brauchte auch

keine zweite Aufforderung. Ihr war bloß nicht wohl bei dem Gedanken, sich beim Klettern auf die etwas morsch aussehenden Trittbretter zu verlassen. Aber was auch immer hinter dieser Mauer lag, sie war froh, dass ihre Odyssee für heute scheinbar bald vorbei sein würde. Noch nie war sie so müde gewesen, aber das hier musste sie jetzt noch schaffen. Und sie wollte vor Alejandro auf keinen Fall dumm dastehen. Die zerfaserten Seile zerkratzten ihr die Handflächen und sie schrammte sich an der rauen Wand die Knöchel und die Knie auf. Trotzdem kam sie ohne größere Probleme oben an, wo eine uralte, riesige Pinie ihre Äste bis über die Mauer streckte. Und erst jetzt sah Marja das braun gebrannte Gesicht und den wirren Haarschopf eines Mädchens, das in der Krone saß und auf sie wartete. Marja schätzte es auf etwa acht Jahre, ein schmales, knochiges Kind mit einem scheuen Lächeln. Ohne ein Wort zu sagen, rückte das Mädchen ein Stück auf ihrem Ast zurück, damit genug Platz für Marja war.

Kurz darauf erschien auch schon Alejandro auf der Mauer, zog mit flinken Bewegungen die Leiter wieder nach oben und kletterte dann leichtfüßig zu Marja und dem fremden Mädchen hinüber.

»Carina«, sagte er und lächelte breit. »Darf ich vorstellen? Das ist Marja. Sie ist jetzt eine von uns.«

Eine von wem?, hätte Marja am liebsten gefragt – und bei der Gelegenheit gleich richtiggestellt, dass sie nicht länger als nötig hierbleiben würde. Aber sie verkniff es sich. Es war gerade nicht der beste Zeitpunkt, um so was auszudiskutieren. Und wahrscheinlich musste Alejandro so etwas sagen, damit sie überhaupt mitkommen durfte zu seinem Unterschlupf – und einem Platz, wo sie schlafen konnte.

Das Mädchen, das also Carina hieß, lächelte noch einmal, ähnlich zurückhaltend wie beim ersten Mal. »Hallo«, sagte sie. Sonst nichts.

Alejandro hielt sich inzwischen an einem schmaleren Ast hinter ihm fest und machte mit dem freien Arm eine weit ausholende Bewegung. »Also, das hier«, sagte er mit theatralischer Miene, »ist das Königreich der Nachtwächter von Poblenou.«

Marja sah sich um, und zum ersten Mal fiel ihr Blick auf das, was hinter der Mauer lag: ein weites Gelände mit hohen Bäumen, wild wuchernden Büschen und Blumen – und Statuen. Jeder Menge Statuen. Dazwischen standen kleine Gebäude, die wie Miniaturkirchen aussahen. Was für ein seltsamer Park, dachte Marja. Aber die winzigen Tempel waren noch längst nicht das Seltsamste. Weiter entfernt entdeckte sie hohe Steinwände mit unzähligen bogenförmigen Nischen, dicht an dicht gedrängt. Von ihrem hohen Ausblick konnte Marja erkennen, dass die Wände in symmetrischen Feldern angeordnet waren, sodass die vier Wege, die sie trennten, ein riesiges Kreuz bildeten. In vielen der Nischen brannten rote Windlichter, und Marja glaubte, Inschriften und Blumen zu erkennen.

Und da dämmerte es ihr endlich.

Das hier war gar kein Park. Es war ein Friedhof! Konnte das tatsächlich sein? Lebten Alejandro und das Mädchen wirklich zwischen den Gräbern?

Marja hatte kaum Gelegenheit, darüber nachzudenken, denn Alejandro hatte inzwischen die Leiter vom Ast heruntergelassen, und Carina war schon auf dem Weg zum Boden. Marja war als Nächste dran und beschloss, erst einmal abzuwarten, ob sich einige ihrer Fragen nicht von selbst beantworten würden. Also versuchte sie, ihre schmerzenden Hände zu ignorieren, und machte sich an den Abstieg. Kurz darauf stand sie neben Carina im hohen Gras und beobachtete, wie Alejandro die Leiter vom Ast losknotete, sie zusammenrollte und dann wie ein Äffchen den Baum herunterkletterte.

Unten angekommen, warf er sich das Leiterbündel über die Schulter und deutete mit einem Wink an, dass Marja ihm und Carina folgen sollte. Auch er sah jetzt müde aus. Im ersten Sonnenlicht wirkten seine Wangen eingefallen und er hatte dunkle Ringe unter den Augen. Marja fragte sich, ob sie ähnlich fertig aussah. Wundern würde es sie nicht.

Sie folgte den beiden zwischen ein paar kunstvoll verzierten Gräbern hindurch, bis sie schließlich vor einem niedrigen Gebilde aus weißem Stein standen, das mehr wie ein großer Kamin mit einem hohen, schmalen Schornstein aussah als wie ein Grab. Eine nach oben spitz zulaufende Gittertür aus schwarzem Metall versperrte den Zugang zu einer ausgetretenen Steintreppe, die in die Dunkelheit hinabführte. »FAMILIA« stand in verschnörkelten Buchstaben darüber.

Alejandro ruckelte vorsichtig an den Holzkeilen, mit denen das Gitter an seinem Platz gehalten wurde. Ein wenig widerwillig lösten sie sich und er stellte das Gitter vorsichtig zur Seite. Dann zog er eine Taschenlampe aus dem Hosenbund und hielt sie Marja hin. »Die Damen zuerst«, sagte er und grinste.

Marja schluckte trocken. War das sein Ernst? Da sollte sie runtergehen? Dass sie in der Morgendämmerung auf einem Friedhof herumstreunten, ging ja irgendwie noch in Ordnung, und bis gerade eben hatte Marja geglaubt, nach ihren Erlebnissen der letzten vierundzwanzig Stunden könnte sie gar nichts mehr schockieren. Aber bei dem Gedanken, in eine Gruft zu steigen – und wohin sonst sollten diese Stufen führen? –, wurde ihr doch ziemlich mulmig zumute.

Carina hingegen schien sich deswegen keine Sorgen zu machen. Ohne jedes Zögern hatte sie sich an Alejandro vorbeigeschoben und war in der Dunkelheit verschwunden, die die Treppe schon nach wenigen Stufen verschluckte. Ihre Sorglosigkeit machte Marja Mut. Und zugegeben, es war ein gutes Versteck, wenn nicht sogar ein perfektes. Denn wer würde auf den Gedanken kommen, in einer alten Gruft nach ein paar Kindern zu suchen? Also fasste sie sich ein Herz und griff nach der Taschenlampe, die Alejandro ihr immer noch hinhielt.

Er lächelte, als sie an ihm vorbeiging. »Na also. Willkommen zu Hause.«

Unter der Erde war es schon nach wenigen Metern ziemlich kühl, obwohl die Luft draußen warm und mild war. Die Stufen unter Marjas Füßen waren so ausgetreten, dass sie ganz rutschig und die Kanten schräg waren. Bei jedem Schritt musste sie tierisch aufpassen, nicht auf den Hintern zu fallen. Doch schon bald machte die Treppe eine enge Wende – und plötzlich war da wieder Licht. Ein flackerndes gelbes Licht, das sanfte Wärme verbreitete. Und als sie um die nächste Ecke ging, öffnete sich vor Marja ein Raum, mehr als doppelt so groß wie das Wohnzimmer bei ihr zu Hause. Etliche Kerzenstummel klebten auf dem Boden und auf Vorsprüngen in den gemauerten Wänden. Überall lagen Haufen von überraschend gemütlich wirkendem Gerümpel herum: Von Kissen über Puppen und Stofftiere, Sonnenbrillen und wild zusammengewürfelten Klamotten, Uhren und Taschen bis hin zu einem alten Polstersessel war alles dabei. Und in diesem Durcheinander hockten sechs oder sieben Kinder verschiedensten Alters und starrten Marja aus neugierigen Augen entgegen.

Doch als kurz darauf auch Alejandro am Fuß der Treppe auftauchte, verwandelte sich die zurückhaltende Neugier in Freude und Begeisterung.

»Geschafft!«, rief Alejandro und legte Marja einen Arm um die Schultern. »Sie ist gerettet.«

Die Kinder applaudierten. Die schmalen Gesichter leuchteten auf und plötzlich waren alle auf den Beinen, umringten die beiden und plapperten wild durcheinander. Marja schnappte nur wenige Wortfetzen auf, aber dass es bei all der Fragerei hauptsächlich um sie ging, war nicht zu überhören.

Aber als Alejandro einen Finger an die Lippen legte, wurden alle schlagartig still. »Das ist Marja«, sagte er in das aufgeregte Schweigen hinein. »Und sie muss sich jetzt erst mal ausruhen. Habt ihr das Bett fertig gemacht?«

»Ich hab eins gemacht!«, piepste eine Stimme und ein dünner Arm hob sich aus der Menge. Marja wandte den Kopf und erkannte, dass die Stimme und der Arm zu einem kleinen Jungen gehörten, der nicht älter als vier Jahre sein konnte. Er strahlte vor Stolz und deutete auf eine der Nischen in der Wand, die mit etlichen Kissen und Decken vollgestopft war. Marja war sofort klar, dass in dieser Nische einmal ein Sarg gestanden haben musste, und unwillkürlich lief ihr ein Schauer über den Rücken. Aber als der Junge seine kleine Hand in ihre schob und beim Lachen seine riesige Zahnlücke zeigte, konnte sie sich einfach nicht länger gruseln.

»Ich bin Nin«, stellte der Junge sich vor und zog sie zu der Nische hinüber. »Du bist hübsch, du kriegst meine zweitschönste Decke!«

Marja hatte keine Wahl, sie musste das Lächeln erwidern. Nins zuckersüße Herzlichkeit war einfach zu ansteckend. »Danke«, sagte sie und meinte es wirklich ehrlich. »Das ist sehr lieb von dir.«

Dann kroch sie in die Nische, kuschelte sich in die Kissen und wickelte sich in Nins zweitschönste Decke. Und war sie sich Sekunden vorher noch sicher gewesen, bestimmt nicht schlafen zu können, solange diese Kinder flüsterten und tuschelten und immer wieder zu ihr hinübersahen – ihr Körper schien anderer Meinung zu sein. Sie hatte sich kaum hingelegt, als ihre Lider auch schon bleischwer wurden. Verschwommen dachte sie noch an ihre Eltern und Paulina, die gerade jetzt vielleicht aufstanden und frühstückten. Nur noch wenige Stunden, dann würde sie wieder bei ihnen sitzen. Alejandro würde sie zur Polizei bringen, das hatte er ihr versprochen. Der Gedanke war tröstlich wie eine zweite warme Decke, in die Marja sich einwickelte. Sie hörte nicht einmal mehr, wie Alejandro ihr Gute Nacht sagte, bevor sie tief und fest einschlief.

Sie hatten unendlich lange nach den Kindern gesucht. Zuerst war Amaia noch allein. Sols rotes Halstuch fest in der Hand, lief sie ruhelos den Strand auf und ab und schrie sich die Seele aus dem Leib. Und als die Verwandten kamen, pünktlich um vier Uhr am Nachmittag, mit all den bunt verpackten Geschenken, halfen auch sie, das Ufer und den Urwald nach dem verschwundenen Geburtstagskind und seiner großen Schwester zu durchsuchen. Schließlich riefen sie auch noch die Nachbarn und sogar die Stadtgarde, um ihnen zu helfen.

Doch sie fanden nichts. Nicht einmal eine winzige Spur.

Als die Dunkelheit hereinbrach, wurde die Gruppe der Suchenden immer kleiner. Kinder mussten ins Bett gebracht werden und auch die erwachsenen Helfer ermüdeten nach und nach. Schließlich blieben Amaia nur noch ihr älterer Bruder José und die Großmutter, um ihr beizustehen. Mit Engelszungen redeten sie auf Amaia ein, dass sie sich endlich ebenfalls ein wenig ausruhen sollte. Doch Amaia wollte nicht ruhen. Sie war sich sicher, dass sie nicht eine Sekunde Schlaf finden würde, solange sie ihre Lieblinge nicht wieder im Arm hielt.

Am Ende aber siegte die Erschöpfung über die Verzweiflung. Sie hatte sich nur kurz in den Sessel setzen wollen, nur eine Tasse Tee trinken, um Kräfte zu sammeln und die Wange für ein paar Sekunden an Sols roten Seidenschal zu schmiegen, ehe sie sich wieder auf die Suche machte. Aber die Augen fielen Amaia einfach zu, und ohne dass sie es auch nur richtig bemerkte, sank sie in einen bleiernen Schlaf.

Als sie wieder erwachte, war es immer noch dunkel.

Und draußen in der Nacht weinte ein Kind.

Die Legende der Llorona

Als Marja wenige Stunden später die Augen öffnete, blickte sie in eine ganze Gruppe erwartungsvoller Kindergesichter. Sie schreckte in die Höhe und stieß sich den Kopf an der Decke ihrer niedrigen steinernen Schlafnische.

»Autsch!« Sie verzog das Gesicht und rieb sich den schmerzenden Kopf. Die Kinder wichen zurück, irgendjemand kicherte.

»Guten Morgen«, sagte eine Stimme, und als Marja sich umsah, erkannte sie, dass sie Carina gehörte.

»Hast du dir wehgetan?«, fragte jemand anders, aber dieses Mal konnte Marja nicht ausmachen, wer es gewesen war.

Sie schüttelte den Kopf und schob vorsichtig die Beine aus der Nische, ehe sie ganz vorn an die Kante rutschte und sich aufrichtete.

Inzwischen konnte man selbst hier unten sehen, dass der Tag angebrochen war. Ein gedämpfter Rest Sonnenlicht fiel durch den Treppenschacht in die Gruft, sodass es auch ohne die Kerzen hell genug war, um sich in Ruhe umzusehen. Und es war warm. Die spanische Sommerhitze kroch sogar in diese unterirdischen Gewölbe. Es musste schon fast Mittag sein.

Carina drängte sich zwischen den anderen Kindern zu Marja durch. Jetzt im dämmrigen Tageslicht sah sie doch älter aus, als Marja sie in der Nacht zuvor geschätzt hatte, vielleicht schon elf oder zwölf – also ungefähr so alt wie Marja selbst. Bloß ihr schmales Gesicht hatte sie kindlicher wirken lassen, als sie war.

»Hier.« Carina streckte Marja einen kleinen schwarzen Plastikbeutel entgegen. Täuschte Marja sich oder sah ihr Gesicht dabei ein bisschen widerwillig aus? Oder eher enttäuscht? »Alejandro sagt, das soll ich dir geben.«

»Alejandro?« *Wo ist der eigentlich?*, hatte Marja fragen wollen. Aber in diesem Moment wusste sie plötzlich ganz genau, was in dieser Tüte sein musste, und da war es ihr für kurze Zeit eigentlich auch egal. Sie riss Carina den Beutel förmlich aus der Hand und schüttete den Inhalt auf ihre Kissen.

Ihr Geldbeutel.

Ihr MP3-Player.

Und ihr Handy.

Sofort stieg in Marja die wilde Hoffnung auf, der

Akku könnte vielleicht noch nicht leer sein. Dann könnte sie ihre Mutter anrufen, um ihr zu sagen, wo sie war und dass sie sich keine Sorgen mehr machen musste – oder einfach nur ihre Stimme hören …

Aber das Handy schwieg und das Display blieb dunkel, egal wie oft sie auf den Einschaltknopf drückte. Der MP3-Player hingegen funktionierte noch. Aber das half ihr nun auch nicht weiter.

Obwohl sie tief in ihrem Innern schon damit gerechnet hatte, traf die Gewissheit Marja hart. Sie konnte nicht anrufen, ob sie ihr Handy nun zurückhatte oder nicht. So leicht würde sie ihre Familie nicht wiederfinden, darauf war nun auch die letzte Hoffnung endgültig gestorben. Schon wieder wurden Marjas Augen feucht. Dabei waren sie noch ganz müde von den vielen Tränen des vergangenen Tages. Beinahe hatte Marja das Gefühl, gar nicht mehr richtig weinen zu können, und das war fast noch schlimmer.

Ganz ruhig, versuchte sie, sich zu trösten. *Alejandro hilft dir, er hat's versprochen!*

Carina hockte sich neben sie auf die Steinkante der Nische. Sie sagte nichts, aber die Wärme ihres schmächtigen Körpers fühlte sich auf unbestimmte Weise tröstlich an und hellte Marjas trübe Stimmung zumindest ein bisschen auf. Die anderen Kinder hatten sich inzwischen wieder in der Höhle verteilt oder waren nach draußen verschwunden. Und Marja dachte, dass sie am besten auch gleich hinausgehen sollte, um Alejandro zu suchen. Sie sollte nicht noch mehr Zeit hier verschwenden.

Sie war schon drauf und dran aufzustehen, da legte Carina plötzlich ganz behutsam eine zerknitterte Papiertüte in ihren Schoß.

»Das gehört auch noch dir«, sagte sie leise. »Ich ... hab's von deinem Geld gekauft.«

Ihr Geld. Richtig. Marja nahm das kleine Portemonnaie in die Hand, öffnete es aber nicht. Ob überhaupt noch etwas darin war, war jetzt ja eigentlich auch egal. Sie hatte keine Kraft mehr, irgendwem deswegen böse zu sein, Alejandro nicht und Carina schon gar nicht. Also spähte sie stattdessen bloß in die Tüte.

Ein angebissenes Stück Butterkuchen mit Zuckerguss lag darin, eingewickelt in Folie, damit das Papier nicht durchfettete. Der Kuchen war ganz zerdrückt, als hätte Carina ihn in der Nacht unter dem Kopfkissen versteckt. Trotzdem sah er immer noch ziemlich lecker aus, auch wenn Marja nach der Vorsicht, mit der Carina die Tüte behandelt hatte, mit etwas deutlich Wertvollerem gerechnet hatte. Fragend hob sie den Kopf und sah Carina an.

Aber Carina wurde nur ein bisschen rot und zuckte die dürren Schultern. »Ich wollte schon immer mal so ein Stück Kuchen essen«, murmelte sie.

Und da begriff Marja, dass für Carina und die anderen Kinder hier so ein Stück Kuchen *wirklich* etwas sehr Wertvolles war. Plötzlich war sie richtig gerührt, dass Carina ehrlich genug war, den Kuchen derjenigen zu geben, der das Geld gehört hatte, obwohl sie selbst nur einmal davon abgebissen hatte und ihn sich wahrscheinlich so lange wie möglich einteilen wollte.

Kurz entschlossen brach Marja den Kuchen in zwei Hälften und gab Carina die Tüte mit einem der beiden Stücke zurück. »Hier, nimm. Alles schaffe ich sowieso nicht.«

»Wirklich?« Carinas Gesicht leuchtete auf. Sie zögerte nicht einen Moment und stopfte die Tüte unter ihrem zerschlissenen Shirt in den Hosenbund der viel zu weiten Hose, als hätte sie Angst, Marja könnte es sich sonst anders überlegen. »Ach, und übrigens: Alejandro will mit dir reden.« Sie klang nun schon viel herzlicher als noch Sekunden zuvor. Vielleicht, dachte Marja, war das einfach ihre Art, Danke zu sagen. »Er ist mit den Kleinen unterwegs. Er zeigt ihnen, wie sie Geld von den Touristen erbetteln können. Aber er kommt bestimmt bald wieder.«

Bei ihren Worten verspürte Marja mit einem Mal den Drang, ebenfalls ein bisschen an die frische Luft zu gehen – und das nicht bloß, weil sie unbedingt Alejandro sehen musste. Die Gruft erschien ihr zwar inzwischen gar nicht mehr so düster und sogar recht gemütlich, aber sie wollte echtes Sonnenlicht auf der Haut. Entschlossen stand sie auf, den Kuchen noch in der Hand. »Ich sehe mal nach, wo er ist.«

Carina nickte. »Pass auf, wenn du die Gruft verlässt.

Die Touristen sind zwar meist nur im vorderen Teil des Friedhofs, aber es darf dich wirklich niemand sehen, okay?«

»Klar«, erwiderte Marja. Das klang einleuchtend und auch nicht allzu schwierig umzusetzen. Sie fand es bloß ein bisschen schade, dass Carina keine Anstalten machte, sie zu begleiten. Sie fing gerade an, das magere Mädchen mit den struppigen Haaren zu mögen. Aber andererseits wollte sie ja auch nicht hierbleiben, und es war ziemlich unwahrscheinlich, dass sie Carina jemals wiedersehen würde. Da lohnte es sich vermutlich nicht, sich noch mit ihr anzufreunden. Also lief Marja allein die Treppe hinauf zum Ausgang.

Der Sommer jenseits des unterirdischen Gewölbes empfing sie mit brüllender Hitze. Der Eingang zur Gruft der »Nachtwächter«, wie Alejandro sie genannt hatte, lag mitten in der sengenden Mittagssonne. Wie Carina sie gebeten hatte, sah sich Marja gründlich nach allen Seiten um, ehe sie ihre Hände durch das Gitter schob, um die Bolzen zu lösen, die es an seinem Platz hielten. Aber weit und breit war niemand zu sehen. Überhaupt war der Friedhof nicht gerade gut besucht. Er war weitläufig, ein bisschen verwildert und schien vor allem ein Reich für streunende Katzen zu bieten – und für streunende Kinder. Wirklich, dachte Marja. Es war das perfekte Versteck.

Noch einmal sah sie sich um, aber sie konnte Alejandro und die von Carina erwähnten »Kleinen« nicht entdecken. In der Hitze hatte Marja allerdings wenig Lust, über den ganzen Friedhof zu laufen und sie zu suchen. Also beschloss sie, sich in den Schatten einer der zahlreichen Engelsstatuen zu setzen und auf sie zu warten.

Obwohl sie nur wenige Schritte gegangen war, war sie völlig durchgeschwitzt, noch ehe sie sich schnaufend auf den Boden sinken ließ. Auf den süßen, klebrigen Kuchen, den sie noch immer in der Hand hielt, hatte sie überhaupt keine Lust mehr. Eine eisgekühlte Cola wäre ihr in diesem Moment tausendmal lieber gewesen. Aber die würde sie wohl so schnell nicht bekommen und irgendetwas musste sie essen. Ihr Magen knurrte schon wie wild. Also knabberte sie den Kuchen in winzigen Stücken in sich hinein, auch wenn er ihr unangenehm den Mund zusammenpappte.

Zum Glück musste sie nicht besonders lange warten, bis in der Ferne, zwischen den Mauern mit den Gedenknischen, eine Gruppe dreier Gestalten auftauchte. Alejandro erkannte sie schon von Weitem. Die anderen beiden waren deutlich kleiner. Den Kindern schien die Hitze nicht halb so stark zuzusetzen wie Marja. Sie plapperten und lachten fröhlich und bewarfen sich gegenseitig mit vertrockneten Piniennadeln. Auch Nin war dabei, der Junge, der Marja am Morgen ihr Bett gezeigt hatte. War das wirklich erst wenige Stunden her? Als er Marja entdeckte, rannte er auf sie zu. Die schwarzen Haare klebten ihm in feuchten Strähnen in der Stirn, sein T-Shirt war dreckig und verknittert, aber Marja hatte selten ein niedlicheres kleines Kind gesehen. Bestimmt warfen ihm die Touristen das Geld nur so nach, wenn er sie aus diesen riesigen dunklen Kulleraugen ansah. Es war wirklich traurig, dass er einmal ein schäbiger kleiner Dieb werden musste, wenn kein Wunder geschah.

»Marja!«, rief er. »Marja, guck mal, ich habe gesammelt!«

Stolz hielt er einen Stoffbeutel hoch, in dem tatsächlich eine ganz ansehnliche Menge Kleingeld klimperte. Marja lächelte und war unschlüssig, ob sie ihn wirklich dafür loben sollte.

Doch da trat Alejandro zu ihnen und nahm ihr die Entscheidung ab. »Du warst toll, Nin. Aber jetzt geh mal mit Javier wieder rein. Ich muss mit Marja reden.«

Nin schob enttäuscht die Unterlippe vor. Er wusste ganz genau, wie bezaubernd und mitleiderregend er dann aussah, dachte Marja und lächelte unfreiwillig, weil sie an Paulina denken musste, die auf die gleiche Art schmollte, wenn sie hoffte, damit einen Erwachsenen umzustimmen.

Aber Alejandro ließ sich nicht bezaubern. Er wiederholte auch seinen Befehl nicht, sondern sah Nin nur streng an. Marja war wider Willen beeindruckt, als Nin sich wieder zu dem anderen Jungen gesellte und die zwei ohne weitere Beschwerden ins Innere der Gruft verschwanden. Kurz darauf drangen ihre aufgeregten Stimmen leise die Treppe hinauf.

Alejandro setzte sich neben Marja in den Schatten und atmete einmal tief durch. Eine kleine Weile schwiegen sie beide. Alejandro wirkte mit einem Mal seltsam verlegen – ein Ausdruck, der gar nicht so recht zu ihm passte und der gerade deshalb ein etwas mulmiges Gefühl in Marjas Bauch hervorrief. Was hatte er denn bloß?

»Also«, sagte sie endlich, als sie das Schweigen nicht mehr aushielt. »Du wolltest mit mir reden, hat Carina gesagt.«

Alejandro, der mit einem schmutzigen Fingernagel in einer Ritze zwischen zwei Steinen herumgebohrt hatte, hob den Kopf und sah sie etliche Sekunden lang ernst an. Dann nickte er langsam. »Weißt du, ich habe nachgedacht«, sagte er. »Darüber, wie ich dir helfen könnte und so. Das Problem ist, die Stadt ist riesig, selbst wenn wir nur den innersten Kern nehmen. Und deine Eltern könnten überall sein. Wahrscheinlich haben sie irgendwo übernachtet, aber wir können ja schlecht jedes einzelne Hotel in Barcelona abklappern – da wären wir in einem Jahr noch nicht fertig.« Er seufzte, als wäre es ihm unangenehm, so hilflos zu sein.

Marja runzelte die Stirn und schlang die Arme um die angezogenen Knie. Das klang nicht gut. Gar nicht gut. »Ich dachte, du bringst mich heute zur Polizei«, erinnerte sie ihn.

Sie hatte kaum ausgesprochen, als Alejandro auch schon den Kopf schüttelte. »Das ist es ja, verstehst du? Ich kann dich nicht zur Polizei bringen, auf keinen Fall. Ich gehe nicht mal in die Nähe! Wenn die irgendwie rausfinden, dass ich und die anderen hier sind, können wir unser Versteck vergessen. Dann haben wir schon wieder kein Zuhause mehr, und wer weiß, was sie mit uns machen.« Seine Stimme war nur noch ein Flüstern. »Ich will nicht ins Gefängnis. Oder ins Heim.«

Marja starrte ihn fassungslos an. Das konnte doch nicht sein Ernst sein! Natürlich wollte Alejandro nicht ins Gefängnis, und sie wollte ihn auch nicht dorthin bringen – oder schuld sein, dass die anderen Kinder Schwierigkeiten bekamen. Aber er hatte es versprochen! Alejandro war der Einzige, der ihr den Weg zeigen konnte, er konnte jetzt nicht einfach kneifen! So gefährlich konnte das doch nicht sein! »Du musst mich doch bloß hinbringen«, wandte sie aufgeregt ein. »Niemand wird erfahren, dass ich dich auch nur gesehen habe.«

Aber Alejandro schüttelte nur ein weiteres Mal energisch den Kopf. »Du willst allein zur Polizei gehen? So wie du aussiehst? Sei doch nicht dumm! Die werden dich für ein Straßenkind halten und dich einsperren!«

»So ein Quatsch! Warum sollten sie? Meine Eltern haben ihnen doch bestimmt längst gesagt, dass sie mich suchen«, widersprach Marja. Vor Aufregung wurde ihre Stimme ganz hoch und kieksig.

Aber Alejandro lachte nur spöttisch. »Ja, das denkst du. Aber können deine Eltern Spanisch? Sehen sie aus wie Spanier? Ich weiß ja nicht, wie das bei euch in Deutschland ist, Marja. Aber die Polizei hier bei uns ist nicht besonders engagiert, sich um die Belange von Touris zu kümmern.« Es verschlug Marja glatt die Sprache, wie höhnisch er klingen konnte.

»Aber … ich kann ihnen doch sagen, wer ich bin!«, wandte sie endlich ein, als sie ihre Stimme wiedergefunden hatte. Sie wollte einfach nicht so schnell aufgeben. Alejandro *musste* sie einfach zur Polizei bringen! »Mit dir kann ich jetzt schließlich auch sprechen!«

»Kannst du nicht.« Erneut schüttelte Alejandro den Kopf, und sein ungeduldiger Tonfall machte deutlich, dass er der Ansicht war, dass Marja gerade etwas ziemlich Dummes gesagt hatte. »Also, mit mir und den anderen Kindern schon. Aber das liegt daran, dass jeder von uns in der Taverne der Hexe gegessen hat. Deshalb können wir uns verstehen. Aber das dürfte auf die Polizei nicht zutreffen.«

Verzweifelte, frustrierte Tränen stiegen Marja in die Augen. Es musste doch eine Möglichkeit geben! Die Situation konnte einfach nicht so ausweglos sein, wie er behauptete! »Dann sag du es ihnen«, bettelte sie. »Sie werden dir doch bestimmt nichts tun, wenn du ihnen erklärst, dass du mich gerettet hast. Oder?« Aber sie wusste schon, bevor sie die Worte ganz ausgesprochen hatte, dass sie Alejandro nicht umstimmen würde. Eher würde er sie einfach in irgendeiner Straße aussetzen.

»Es geht nicht, Marja.« Sein Blick war ernst, richtig streng, wie Marja es sonst nur von Erwachsenen kannte. »So leid es mir tut, aber ich habe hier die Verantwortung für alle. Selbst wenn sie nur mich kriegen würden – was sollten die anderen dann machen? Die brauchen mich hier, verstehst du das? Das Risiko kann ich für dich nicht eingehen.«

Marjas Schultern sanken herab und sie schwieg. Was sollte sie noch sagen? Sie hatte keine Argumente mehr. Gar keine. Er würde ihr den Weg zur Polizei nicht zeigen. Aber was sollte sie dann tun? Was nur?

»Nun guck doch nicht so«, bat Alejandro und seufzte. »Ich habe gesagt, ich helfe dir, und das werde ich auch. Ich habe darüber nachgedacht – und mir ist eine Möglichkeit eingefallen, wie wir herausfinden können, wo deine Familie jetzt ist.«

Marja wagte kaum, wieder Hoffnung zu schöpfen. Aber sie konnte doch nicht verhindern, dass ein kleiner Funken in ihrer Brust aufleuchtete. Sie sah auf. »Ehrlich?«

Alejandro nickte. »Ehrlich. Sie ist bloß … na ja, ziemlich gefährlich.«

»Aber weniger gefährlich als die Polizei?« Marja konnte sich den spitzen Kommentar nicht verkneifen.

»Absolut«, erklärte Alejandro fest. »Zumindest für uns. Aber … wir werden trotzdem Hilfe brauchen.« Er holte einmal tief Luft. »Wir müssen nämlich zurück in die Taverne.«

Was auch immer Marja sich an Argumenten hätte einfallen lassen können, ob nun für oder gegen die Aktion – sie blieben ihr im Hals stecken. Zurück zu Amaias Wirtshaus, aus dem sie gerade erst geflohen war? Trotz der Hitze war ihr plötzlich eiskalt.

»Und das soll weniger riskant sein, als zur Polizei zu gehen?« Sie starrte Alejandro entgeistert an. »Das ist nicht dein Ernst!«

Sein Blick genügte, und Marja wusste, wie ernst er es meinte. Fassungslos schüttelte sie den Kopf. »Aber warum? Was soll uns das bringen? Was hast du vor?«

Für etliche quälend lange Sekunden starrte Alejandro nur ins Leere, als müsste er selbst die Antwort erst suchen. »Kennst du denn die Geschichte?«, fragte er endlich, scheinbar völlig ohne Zusammenhang. »Die Legende der *Llorona*?«

»Nein«, gab Marja zu. Sie kannte viele Märchen und Sagen, aber diese war ihr noch nie untergekommen. Was war das überhaupt, eine *Llorona*? Sie erinnerte sich, das Wort auf dem Schild über dem Eingang von Amaias Taverne gelesen zu haben: *Taberna de la Llorona*. Das klang ziemlich spanisch. Aber obwohl sie auch jetzt, noch Stunden nachdem sie Amaias magisches Essen gegessen hatte, Alejandro und seine Nachtwächter mühelos verstehen konnte, sagte dieses Wort ihr nach wie vor gar nichts.

Alejandro sah sie noch immer nicht an, sondern zupfte ein paar Grashalme und winzige Moosbüschel aus einer Ritze zwischen den Steinplatten, auf denen sie saßen. »Sie kommt aus Südamerika«, erzählte er. »Woher genau, weiß niemand. Peru, Bolivien, Chile ... Es ist eigentlich auch egal. Man sagt jedenfalls, dass die *Llorona* – das heißt so viel wie *Die weinende Dame* – zwei Kinder hatte, Schwestern. Aber sie war eine schlechte Mutter und hat ihre Kinder bei einem Streit im Fluss ertränkt. Deswegen durfte sie, als sie selbst starb, nicht in den Himmel, sondern muss seitdem als Geist auf der Erde umherwandern. Seit vielen Jahrzehnten sucht sie nun also nach ihren Kindern, deren Seelen, so glaubt sie, ebenfalls hier auf der Erde gefangen sind.«

Marja sah Alejandro aus großen Augen an. »Und diese *Llorona* ... das soll Amaia sein? Aber was sollte sie denn hier? Südamerika ist doch total weit weg.«

Alejandro zuckte mit den Schultern. »Schon. Aber da hat sie die Kinder wahrscheinlich nicht gefunden und ist dann irgendwie hierher nach Barcelona geraten. Wie gesagt, sie streift auf der ganzen Welt umher. Und hat sie dir etwa nicht gesagt, du würdest sie an ihre Tochter erinnern?«

Marja schluckte. Doch, das hatte Amaia tatsächlich gesagt. Bei der Erinnerung stellten sich ihr die Nackenhaare auf.

»Na, siehst du.« Alejandro nickte wissend. »Das geht mir genauso und allen anderen, die hier auf dem Friedhof leben, auch. Mädchen oder Junge, sie scheint da keinen großen Unterschied zu machen. Wir alle waren mal Amaias Gefangene.«

Jetzt war Marja wirklich beeindruckt. »Hast du sie etwa alle gerettet?«

Alejandro nickte grimmig. »Ja. Na ja – bis auf eine zumindest. Ví hat sich selbst gerettet. Aber die anderen schon. Ich habe doch gesagt, ich gönne ihr nichts.«

Nach dieser Erklärung konnte Marja einfach nicht mehr anders, als ihr Bild von Alejandro etwas zum Besseren zu korrigieren. Er mochte ein Dieb sein und unverschämt noch dazu, aber wenn alles stimmte, was er erzählt hatte, wenn Amaia wirklich ihr Schlaflied benutzte, um verirrte Kinder zu fangen und auf ewig bei sich einzusperren, dann begab er sich immer und immer wieder in große Gefahr, um diese Kinder zu retten. So wie er auch Marja gerettet hatte. Und das machte es ihr unmöglich, noch länger sauer auf ihn zu sein. Auch wenn sie nicht ganz begriff, was ihn eigentlich dazu trieb, so verbissen gegen Amaia zu kämpfen. Was mochte er in ihrer Gefangenschaft erlebt haben, das ihn so furchtbar wütend machte?

»Also ist sie eher ein Geist als eine Hexe?«, fragte sie nach. »Wenn sie doch eigentlich tot ist?«

Alejandro nickte. »Ich denke schon. Aber Hexe klingt einfach fieser, deswegen nennen wir sie so.«

Marja nickte.

»Aber das ist noch nicht alles«, fuhr Alejandro fort,

wischte sich die verschwitzten Haarsträhnen aus den Augen und machte ein sehr wichtiges Gesicht. »Es gibt einen Grund, warum Amaia sich hier in Barcelona ausgerechnet dieses Wirtshaus als Zuhause ausgesucht hat.« Er machte eine bedeutungsschwere Pause und lehnte sich zu Marja hin, um mit gedämpfter Stimme weiterzusprechen. Dabei war überhaupt niemand in der Nähe, der sie hätte belauschen können. Der Friedhof schwitzte und flimmerte immer noch in der Mittagshitze, und außer ihnen war niemand so verrückt, sich da im Freien aufzuhalten. »Auf dem Dachboden gibt es nämlich einen magischen Spiegel. Mit ihm kann man jeden Menschen in der ganzen Stadt beobachten.«

Marja Herz begann bei seinen Worten schneller zu klopfen. Ein magischer Spiegel? Meinte er das ernst? Und damit konnte man *jeden Menschen* sehen, der sich in Barcelona aufhielt? Deshalb mussten sie also zurück in die Taverne! Der Spiegel, wenn es ihn denn wirklich gab, konnte ihr zeigen, wo ihre Eltern waren!

»Aber bist du sicher …«, begann sie, doch Alejandro hatte schon genickt, bevor sie ihre Frage zu Ende bringen konnte.

»Ich habe ihn selbst gesehen«, bestätigte er mit Nachdruck. »Ich habe beobachtet, wie sie mit ihm nach verlorenen Kindern sucht. So habe ich herausgefunden, wie böse sie ist und was sie eigentlich vorhat.« Er streckte Marja sein Handgelenk mit dem Stern entgegen. »Wegen dieses Spiegels müssen wir immer und jederzeit unsere Schutzzeichen tragen. Dann kann sie uns nicht sehen. Deshalb ist das so wichtig, verstehst du?«

»Ich bin ja nicht blöd«, murmelte Marja und sah auf ihr eigenes Handgelenk hinunter, damit Alejandro nicht merkte, wie beeindruckt und auch ein wenig eingeschüchtert sie von seiner Geschichte war. »Die Frage ist ja bloß: Wie kommen wir zu dem Spiegel? Amaia ist ja nicht gerade der Typ, an dem man sich mal eben vorbeischleicht.«

Alejandro nickte. »Ja, da hast du recht. Wir brauchen ein gutes Team und einen noch besseren Plan. Und selbst dann wird es ziemlich riskant.« Aus dem Augenwinkel sah Marja, wie ein schiefes Lächeln auf seinem Gesicht erschien. »Aber du weißt ja, ich hab was bei dir gutzumachen.«

Darauf wusste Marja erst einmal nichts zu sagen. Ja, es stimmte, etwas gutzumachen hatte er wohl. Das weitaus größere Problem war allerdings, dass sie selbst bei dem Gedanken, sich in Amaias Haus zu schleichen, am ganzen Körper furchtbare Gänsehaut bekam.

Dann aber spürte sie Alejandros Hand, die sich auf ihre Schulter legte und sie aufmunternd klopfte. »Mach dir keine Sorgen. Ich habe heute Morgen, als du geschlafen hast, schon mit Carina und ein paar von den anderen gesprochen, und wir haben einen Plan. Sie werden Amaia und ihre Kinder aus dem Haus locken und ablenken. Währenddessen schleichen wir beide uns rein, benutzen den Spiegel und sind wieder draußen, lange bevor die Hexe zurückkommt. Sie wird nicht mal merken, dass wir da waren. Und wenn doch, wird sie sich allerhöchstens furchtbar ärgern.« Jetzt strahlte er, und Marja ahnte, dass er ihr vielleicht nicht allein seines schlechten Gewissens wegen half, sondern dass er auch eine ganz besondere Freude daran hatte, Amaia eins auszuwischen. Wieder fragte sie sich, was sie Alejandro wohl angetan hatte, dass er sie so hasste, aber im Grunde konnte ihr das ja auch egal sein. Wenn er ein persönliches Interesse daran hatte, dass ihr Plan funktionierte, dann legte er sich bestimmt noch mehr ins Zeug, als wenn er ihr nur wegen seiner Schuldgefühle half. Unwillkürlich musste sie ebenfalls lächeln.

»Danke«, sagte sie. »Ehrlich, danke.«

Aber Alejandro zuckte bloß die Schultern, stand auf und klopfte sich notdürftig den Staub von der Hose. »Du darfst nur keine Angst haben. Gegen die Nachtwächter von Poblenou hat dieses alte Gespensterweib keine Chance, du wirst schon sehen. Du musst nur noch bis heute Abend durchhalten – der Spiegel funktioniert nämlich nur bei Mondschein. Aber das wirst du ja wohl schaffen.« Er streckte ihr die Hand entgegen, um ihr aufzuhelfen. »Komm. Ich zeig dir, wer uns nachher begleitet.«

Käuzchenrufe

Sie brachen in der Abenddämmerung auf, als die untergehende Sonne das strahlende Sommerblau des Himmels in rötliches Gold verwandelte. Sie waren zu sechst: Alejandro natürlich und Carina, die Marja von den Nachtwächtern bisher am besten kannte. Dann ein kräftiger, aber schweigsamer Junge mit einem Piratenkopftuch namens Diego und sein kleiner Bruder Javier. Der war zwar erst sieben Jahre alt, aber Alejandro hatte gesagt, dass er trotz seiner kurzen Beine der schnellste Läufer von ihnen allen war und deshalb für ihren Plan sehr nützlich sein würde.

Die Fünfte im Bunde schließlich war ein drahtiges Mädchen, das die Haare zu unzähligen dünnen Zöpfen geflochten und die Augen mit dicken schwarzen Linien umrandet hatte, was ihr etwas Verruchtes und zugleich Geheimnisvolles gab. Sie besaß ein kleines Messer mit gebogener Klinge, mit dem sie oft gelangweilt an irgendwelchen Stöcken oder Holzklötzen herumschnitzte. Sie nannte sich Víbora, nach der giftigen Schlange, die sie einmal mit bloßen Händen getötet hatte – zumindest behauptete sie das. Ihren richtigen Namen, hatte Alejandro gesagt, kannte hier niemand. Aber sie war diejenige, die den Nachtwächtern beigebracht hatte, wie man einen Schutzstern zeichnet, und sie war auch die Einzige von ihnen, die nicht von Alejandro gerettet worden war und sich den Nachtwächtern eher durch Zufall angeschlossen hatte. Kurzum: Sie war anders als alle anderen und das wusste sie auch. Marja war sich nicht sicher, ob sie Víbora nun sympathisch fand oder nicht. Aber sie war zäh, schnell, verlässlich und eine flinke Kämpferin, wenn es darauf ankam. Und daher, so hatte Alejandro erklärt, war sie auf dieser Mission ebenso unverzichtbar wie Javier.

Ein weiteres Mädchen namens Thais war mit dem Nesthäkchen Nin auf dem Friedhof zurückgeblieben, um die Stellung zu halten, die Gruft zu bewachen und ihnen später bei der Rückkehr die Strickleiter über die Mauer zu werfen. Also bildete Marja selbst das Schlusslicht. Sie war inzwischen sogar ganz froh, dass ihre schönen neuen Sommershorts und ihr T-Shirt fast ebenso schmutzig und abgerissen aussahen wie die der Straßenkinder. Es gab ihr das Gefühl, zumindest ein wenig dazuzugehören, als sie nacheinander über die

Absperrung auf den Bahnsteig der Metro kletterten und sich in die U-Bahn drängten. Selbst die schrägen Blicke der anderen Fahrgäste machten ihr im Schutz der Gruppe nur halb so viel aus.

Als sie schließlich an der *Plaça de Catalunya* aus dem U-Bahn-Schacht kletterten, war die Sonne schon fast vollständig untergegangen. Die Luft war warm und rauschte vom Klang der vielen Tausend Menschenstimmen. Marja fühlte ihr Herz schneller klopfen. Hier, genau hier, war sie gestern mit ihrer Familie in Barcelona angekommen. Wirklich erst gestern? Es schien ihr eine Ewigkeit her zu sein. Und obwohl ihr die Lieder der riesigen Stadt nun schon beinahe vertraut vorkamen, änderte das nichts daran, dass ihr ganzer Körper aufgeregt kribbelte. Während sie liefen, sah sie sich nach allen Seiten um, in der Hoffnung, vielleicht durch einen Zufall ihre Eltern irgendwo in der Menge der Passanten zu entdecken, zwischen denen sie sich hindurchdrängelten. Aber die Hoffnung war vergebens. Marja hatte zwar nicht ernsthaft damit gerechnet, aber enttäuscht war sie trotzdem.

Schließlich blieb Alejandro an einer Ecke nahe dem Eingang zum *Barrio Gótico* stehen und wartete, bis sich alle um ihn versammelt hatten. »Also«, sagte er dann und sah mit ernstem Gesicht von einem zum anderen. »Ihr wisst, was ihr zu tun habt. Marja und ich schleichen uns in den Hinterhof der Taverne. Der Käuzchenruf ist das Zeichen, dass wir in Position sind. Und dann müsst ihr uns so viel Zeit wie möglich verschaffen, mindestens zwanzig Minuten. Habt ihr die Tücher?«

Carina nickte sofort und zog zwei zerknüllte Schals aus hauchdünnem Stoff aus der Tasche. Selbst im blassgelben Licht der Straßenlaternen waren sie leuchtend rot.

Marja reckte neugierig den Hals. »Die sind aber schön«, stellte sie fest, verkniff sich allerdings zu fragen, woher diese Tücher stammten. Das wollte sie lieber gar nicht erst wissen. »Was macht ihr denn damit?«

Víbora nahm eins der Tücher von Carina entgegen und band es sich um den Hals. Die kleinen Perlen, die sie in ihre Zöpfe geflochten hatte, klickten leise gegeneinander. »Wir legen sie rein«, sagte sie und grinste breit. Ihre Stimme war heiser und ungewöhnlich tief für ein Mädchen. »Wie im Märchen vom Wettlauf zwischen Hase und Igel.«

»Die Hexe hat eine Schwäche für kleine Mädchen mit roten Tüchern«, erklärte Alejandro, als Marja ein verwirrtes Gesicht machte. »Keine Ahnung, wieso. Aber wenn Carina den Schal trägt und an ihr Fenster klopft, wird sie rauskommen und sie verfolgen. Ganz sicher.« Er drehte sich zu dem großen Jungen mit dem Piratenkopftuch um, der bisher noch kein einziges Wort gesagt hatte. »Diego, verteil die Äpfel.«

Erst jetzt fiel Marja auf, dass Diego eine ausgebeulte Leinentasche mit sich trug. Daraus holte er mehrere kleine Äpfel hervor und gab jedem der Kinder einen davon in die Hand. Aber statt sie zu essen, steckten sie das Obst in die Hosentaschen.

»Wofür …«, fing Marja an, doch da hatte Víbora sich schon einen zweiten Apfel geschnappt, ihr Messer gezückt und ihn mit einem einzigen Schnitt in der Mitte geteilt – quer, nicht längs, wie Marja es gewohnt war. Dann hielt sie Marja die untere Hälfte hin, sodass sie das zerschnittene Kerngehäuse sehen konnte.

»Ganz einfach: Schutzzeichen«, erklärte sie knapp. »Alter Zigeunertrick.« Sie lachte rau.

»Du meinst die *Kalé*«, korrigierte Alejandro gereizt. »*Zigeuner* ist ein Schimpfwort. Du bist doch selbst eine, du solltest das echt wissen! Also nimm's zurück, klar?«

Aber Víbora zuckte nur mit den Schultern, schnalzte verächtlich mit der Zunge und spuckte auf den Boden.

Alejandro funkelte sie noch einen Moment lang wütend an. Dann aber beschloss er, sie lieber zu ignorieren, auch wenn es ihm sichtlich schwerfiel.

»Na jedenfalls: Äpfel sind magisch«, erklärte er, wieder an Marja gewandt, und deutete auf die fünf kleinen Kammern mit den braunen Kernen. »Sie tragen ein Schutzzeichen in sich, siehst du?«

Marja sah auf den halben Apfel. Tatsächlich, mit ein bisschen Fantasie bildeten die Kammern des Kerngehäuses einen fünfzackigen Stern, wie ihn Alejandro auch auf ihr Handgelenk gemalt hatte.

»Solange wir die Schutzzeichen tragen, wird Amaia

nur auf uns aufmerksam, wenn wir direkt vor ihrer Nase auftauchen«, meldete sich nun Carina mit leiser Stimme zu Wort. Die ganze Zeit über schon war sie still gewesen und hatte ein besorgtes Gesicht gemacht. Marja wurde das Gefühl nicht los, dass ihr die ganze Aktion überhaupt nicht gefiel. Aber Carina sagte nichts dazu und daher wollte Marja auch nicht weiter darüber nachdenken. »Das ist natürlich gut, wenn wir uns vor ihr verstecken wollen.«

»Ja, aber heute haben wir sie abgewaschen. Wir wollen ja, dass sie uns bemerkt«, ergänzte Javier eifrig und hielt Marja sein rot geschrubbtes Handgelenk hin. Im Gegensatz zu Carina schien er vor allem aufgeregt zu sein, und zwar auf eine gute Art. So eine wichtige Mission hatte er bestimmt noch nie mitmachen dürfen.

»Zumindest dann, wenn wir es für richtig halten«, schloss Alejandro. »Es darf immer nur einer von uns sichtbar sein, wenn wir sie richtig schön verwirren wollen. Und die Äpfel sind leicht abzulegen und wieder aufzunehmen. Das ist, als ob man das Schutzzeichen an- und ausschalten könnte, verstehst du?«

Marja nickte. Sie fand das alles immer noch unglaublich. Aber es klang auch logisch, das musste sie zugeben.

Alejandro räusperte sich. »Gut. Also, Diego, Víbora und Carina werden die roten Schals tragen, um die Hexe so weit wie möglich von ihrem Haus wegzulocken, wie besprochen. In der Dunkelheit und auf die Entfernung merkt sie hoffentlich nicht, dass Diego kein Mädchen ist.« Er zwinkerte Diego grinsend zu, wurde aber schnell wieder ernst. »Und noch mal: Es darf immer nur einer von euch sichtbar sein, denkt dran! Verständigt euch über die Käuzchenrufe, bevor ihr den Apfel weglegt. Da wir nur zwei Schals haben, trägt Javier sie von einem zum anderen und sammelt außerdem die Äpfel wieder ein. Im Notfall kann er auch als Schalträger einspringen, aber nur, wenn es nicht anders geht! Alles klar?«

Alle nickten zustimmend. Allmählich wurde es wirklich ernst, dachte Marja. Das alles klang unheimlich aufregend – und gefährlich.

»Was ist los, hast du Schiss?« Víbora hatte ihr störrisches Schweigen aufgegeben und stieß sie mit ihrem spitzen Finger in die Seite.

Hastig schüttelte Marja den Kopf, obwohl sie insgeheim so nervös war, dass ihr der Magen wehtat. Aber die Blöße, das auch zuzugeben, würde sie sich vor den anderen Kindern nicht geben. Schließlich schien nicht einmal Javier Angst zu haben, dabei war er erst sieben. Selbst Carina behielt ihre Sorgen für sich, also konnte Marja das auch.

»Was ist mit den singenden Kindern?«, fragte sie stattdessen und war froh, dass das Zittern in ihrer Stimme nicht zu hören war. »Wird Amaia sie alle mitnehmen, sodass wir im Haus freie Bahn haben?«

Alejandros Gesicht verdüsterte sich ein wenig und er wechselte einen langen Blick mit Carina. »Das wissen wir nicht«, gab er dann zu. »Vielleicht nicht. Aber dafür tragen wir beide ja Schutzzeichen. Es wird schon gut gehen.«

Marja schluckte trocken und wünschte sich, seine Zuversicht teilen zu können.

Víbora aber zuckte bloß die Schultern. »Und selbst wenn nicht. Dann rennt ihr halt weg, wenn's zu eng wird. Die kriegen euch nicht, nicht ohne Amaia.«

Alejandro nickte, obwohl es ihm ganz offensichtlich widerstrebte, Víbora nach ihrer Beleidigung von vorhin in irgendetwas recht zu geben. »Gut, dass du's ansprichst.« Er sah eindringlich von einem zum anderen. »Das erwarte ich übrigens von jedem von euch. Bringt euch nicht unnötig in Gefahr, unter keinen Umständen. Vor allem du nicht, Carina. Du weißt, du hast die schwierigste Aufgabe.«

Carina presste kurz die Lippen zusammen und fummelte an dem roten Tuch herum, als würde es sie würgen. »Mach dir um mich keine Sorgen«, murmelte sie dann. »Pass lieber auf dich selbst auf.«

Alejandro warf ihr einen vorwurfsvollen Blick zu, sagte aber nichts. Stattdessen atmete er einmal tief durch. »Wenn alles erledigt ist, treffen wir uns am Tor der *Catedral de la Santa Creu*. Da kommt sie nicht hin. Alles klar?«

»Aye, aye, Sir!« Víbora lachte heiser, und die anderen Kinder nickten, wenn auch nicht ganz so begeistert.

»Gut. Also dann, auf eure Positionen«, sagte Alejandro.

Und so machten sie sich ohne ein weiteres Wort auf den Weg in den Irrgarten der Gassen des *Barrio Gótico*.

Víbora war die Erste, die die kleine Gruppe verließ. Mit einem letzten spöttischen Salut verschwand sie im Schatten einer abzweigenden Gasse. Diego und Javier begleiteten Marja, Alejandro und Carina noch ein ganzes Stück weiter, bis sie schließlich eine schmale Straße erreichten, die Marja wiedererkannte. Hier an dieser Wand hatten sie verschnauft. Jetzt konnte es bis zur Taverne nicht mehr allzu weit sein.

An der nächsten Kreuzung blieben Diego und Javier stehen. Diego nickte ihnen ernst zu, erst Alejandro, dann Marja. *Viel Glück*, schien er damit sagen zu wollen, und Marja war ihm dankbar dafür.

»Wird schon schiefgehen«, gab sie zurück und versuchte, möglichst mutig zu klingen.

Alejandro legte ihr beschützend eine Hand auf die Schulter. »Bis später«, sagte er zu Diego und Javier. »Passt auf euch auf.«

Dann gingen sie weiter, jetzt nur noch zu dritt. Inzwischen war es völlig dunkel – wie in der Nacht zuvor, als Marja allein durch das *Barrio Gótico* geirrt war. Aber das Tuch um Carinas Hals leuchtete trotzdem noch in unbeirrbarem Rot, obwohl alle anderen Farben zu den verschiedensten Schattierungen von Grau und Schwarz verblasst waren.

Sie sprachen nun nicht mehr. Zwar waren sie auch vorher schon schweigsam gewesen, doch je näher sie Amaias Wirtshaus kamen, desto weniger wagte Marja auch nur, laut zu atmen. Da konnte Alejandro noch so oft versichert haben, dass die *Llorona* sie dank der Schutzsterne nur bemerken würde, wenn sie direkt vor ihrer Nase herumsprangen oder sie absichtlich auf sich aufmerksam machten.

Wie auch in der Nacht zuvor waren die Fenster des kleinen Wirtshauses hell erleuchtet. Der gelbe Lichtschein glänzte einladend auf dem blanken Pflaster der Straße. Doch diesmal gingen sie nicht direkt auf die Tür zu, sondern schlüpften leise in einen Spalt zwischen dem Wirtshaus und dem angrenzenden Gebäude. Im Schatten der Mauer schlichen sie den kleinen Pfad entlang, der in einen Hinterhof führte.

Schon nach wenigen Metern stießen sie auf ein weiteres Fenster, durch das warmes Licht nach draußen schimmerte und ein gelbes Viereck auf die gegenüberliegende Wand des Nachbarhauses malte. Aber nicht nur das Licht drang in die Gasse. Durch das dünne Glas hörte Marja Stimmen – Kinderstimmen, die ein Lied sangen. Es war ein anderes als das, mit dem die Mädchen von den *Ramblas* sie in die Taverne gelockt und mit dem Amaia sie in den Schlaf gesungen hatte. Es war eine fröhliche, verspielte Melodie. Und trotzdem klang es irgendwie traurig.

Alejandro huschte geduckt unter dem Fenster vorbei, leise wie eine Katze und ohne dass auch nur ein winziger Streifen Licht ihn berührt hätte. Marja wollte ihm ebenso heimlich folgen. Aber sie konnte einfach nicht anders, als zumindest einen kurzen Blick durch das Fenster zu werfen. Ohne weiter darüber nachzudenken, blieb sie stehen, richtete sich ein Stück auf und spähte vorsichtig über die untere Kante des Fensterrahmens.

Dahinter lag ein geräumiges, gemütlich eingerichtetes Zimmer. Ein Wohnzimmer vielleicht, wenn auch sehr spärlich möbliert. Auf dem Boden lag dicker, bunter Teppich, und ein langer Tisch stand an der Wand auf der rechten Seite, gedeckt mit den verschiedensten kleinen Leckereien. Daneben ein Sessel aus weinrotem Plüsch. Und darin saß Amaia und beobachtete die weiß gekleideten Kinder, etwa zehn Jungen und Mädchen verschiedenen Alters, die sich in einem Kreis an den Händen gefasst hatten und tanzten und sangen. Ihre Augen waren leer, wie seelenlos, und ihr Lachen klang hohl. Jedes von ihnen trug einen roten Seidenschal, der im Licht der gedimmten Wandlampen glänzte.

Und die *Llorona*, die weinende Dame, sah den Kindern zu und lächelte selig, während stille Tränen über ihr blasses Gesicht liefen. Der Anblick machte

Marja furchtbar traurig. Am liebsten wäre sie durch das Fenster ins Zimmer geklettert, um Amaia in den Arm zu nehmen. Doch da wurde sie plötzlich am Ellbogen gepackt und vom Fenster weggezerrt. Erschrocken keuchte Marja auf und fuhr herum – und sah in Alejandros dunkles Gesicht. Er sagte nichts, sondern schüttelte nur nachdrücklich den Kopf. Marja verstand. Fast hätte Amaias Zauber sie erneut erwischt! Der Gedanke jagte ihr einen kalten Schauer über den Rücken, der jedes Mitleid in Sekundenschnelle vertrieb.

Carina war inzwischen ebenfalls unter dem Fenster vorbeigehuscht und drückte sich mit dem Rücken gegen die Wand in den Schatten neben ihnen. Sie warf Marja einen besorgten Blick zu und schien froh zu sein, als Marja ihr tapfer zulächelte. Dann umarmte sie Alejandro, flüsterte ihm etwas ins Ohr und drückte ihm einen festen Kuss auf jede Wange. Und Marja begriff, dass sie nun auch Carina zurücklassen würden. Carina mit dem roten Schal, die in der Dunkelheit mit ihrem schmutzigen weißen T-Shirt über den ausgefransten Shorts wirklich fast wie eins von Amaias Kindern aussah. Sie würde hier auf ihr Zeichen warten und dann die *Llorona* aus dem Haus locken. Am liebsten hätte Marja Carina auch umarmt und ihr wenigstens wortlos gedankt und Glück gewünscht, aber Carina hatte sich bereits unter dem Fenster an die Mauer gehockt. Und in diesem Moment griff Alejandro auch schon nach Marjas Hand, um sie weiterzuziehen. Seine Finger schlossen sich warm und trocken um ihre. Der sichere Griff machte Marja Mut, und sie folgte ihm, ohne noch länger zu zögern.

Es waren nur noch wenige Meter, bis sie den Hinterhof erreichten. Ein winziges Rechteck aus geborstenen Pflastersteinen, das die Bezeichnung »Hof« kaum verdiente. Müllcontainer drängten sich dicht an dicht an die Hauswände, die ihn begrenzten. Hier war es noch dunkler als in den Gassen, obwohl das kaum möglich sein konnte, und Alejandro führte Marja zu einem Kellerschacht, der sich wie ein finsteres Loch im Boden des Hofes auftat. Es war nichts zu sehen, aber mit den Füßen konnte Marja unebene Stufen ertasten. Hätte nicht Alejandros Hand noch immer warm und fest in ihrer gelegen, hätte ihr Herz vermutlich so laut geschlagen, dass es von den hohen, düsteren Häuserwänden widergehallt hätte.

Dann aber blieb er plötzlich stehen und ließ sie los. Schemenhaft erkannte Marja, wie er die Hände an den Mund legte. Und kurz darauf ertönte neben ihr, erschreckend echt, ein tiefes Pfeifen, das wie der Ruf eines Käuzchens klang. Marja zuckte zusammen, obwohl sie doch wusste, dass es Alejandro sein musste, der dieses Geräusch irgendwie mit seinem Atem und seinen hohlen Händen herbeizauberte. Der Käuzchenruf. Das war das Zeichen.

Noch einmal, zweimal drang der Käuzchenruf in die

Nacht. Dann ließ Alejandro die Hände sinken und sie horchten in die atemlose Stille. Es dauerte ein paar Sekunden. Aber dann ertönte von dort, wo sie Carina zurückgelassen hatten, der gleiche Ton zur Antwort. Sie hatte verstanden. Jetzt ging es wirklich los.

Der Tränenspiegel

Zunächst einmal passierte gar nichts. Marja und Alejandro hockten in der Finsternis des Kellerschachts und warteten atemlos auf ein Zeichen horchend, dass Amaia die Taverne verließ. Aber die Kinder im Inneren des Hauses sangen noch immer und auch sonst veränderte sich nichts.

Marja versuchte, sich vorzustellen, wie Carina aufstand, ihren Apfel wegwarf und sich ans Fenster stellte. Ein verstrubbeltes, blasses Mädchen mit einem leuchtend roten Schal. Sie legte die Hände an die Scheibe und starrte ins Zimmer, wo die anderen Kinder tanzten und Amaia weinte. Vielleicht klopfte sie auch vorsichtig ans Glas und spätestens dann würde die *Llorona* sich umdrehen, zum Fenster sehen und das Mädchen draußen bemerken …

Als von drinnen ein spitzer Aufschrei ertönte, zuckte

Marja heftig zusammen. Das war Amaias Stimme gewesen, kein Zweifel! Im Haus wurde es nun unruhig. Türen schlugen, Schritte klapperten. Das Lied der Kinder war verstummt.

Aber auch von dort, wo Carina am Fenster gestanden haben musste, waren nun hastige Schritte zu hören, die sich rasch entfernten. Marja tastete unwillkürlich erneut nach Alejandros Hand, bekam aber nur den Saum seines T-Shirts zu fassen. Seine Körperwärme, die durch den dünnen Stoff drang, beruhigte sie immerhin ein wenig, auch wenn er so angespannt war, dass er auf ihre Berührung gar nicht reagierte.

Eine ganze Weile, die Marja wie eine Ewigkeit vorkam, verharrten sie reglos und lauschten in die Nacht, obwohl im Haus und auf der Straße schon längst nichts mehr zu hören war – bis endlich in der Ferne erneut der Ruf eines Käuzchens erklang.

Alejandro atmete einmal hörbar durch – ob vor Erleichterung, weil Carina fürs Erste in Sicherheit war, oder vor Anspannung, weil es nun losging, konnte Marja nicht sagen. Dann griff er in seine Tasche und machte sich kurz darauf an dem Schloss der Kellertür zu schaffen, die Marja in der Dunkelheit nur erahnen konnte. Wie er es anstellte, so ganz ohne etwas zu sehen, begriff sie nicht, aber es dauerte nur wenige Sekunden, bis ein scharfes Knacken ertönte – und dann das Quietschen von Türangeln, die lange nicht mehr geölt worden waren.

»Komm!«, flüsterte Alejandro so leise, dass sie ihn kaum hören konnte.

Marja hielt sich weiter an seinem T-Shirt fest und tastete sich mit vorsichtigen Schritten hinter ihm her in eine Dunkelheit, die noch finsterer war als draußen und die nach muffiger Feuchtigkeit und Schimmelpilzen roch.

Und dann waren sie drin. Alejandro schob die Tür behutsam wieder ins Schloss und knipste endlich die kleine Taschenlampe an.

Der Keller der Taverne war verwinkelt und voller Spinnweben, an denen in dicken Flocken alter Staub hing. Der dünne Lichtkegel der Taschenlampe tastete sich unruhig über verwitterte Fässer, marode Holzkisten und allerlei Gerümpel, die den schmalen Gang fast vollständig blockierten. Marja hielt unwillkürlich den Atem an. Was, wenn sie nun versehentlich etwas umstießen und Lärm machten? Amaia war draußen und irrte durch die Gassen auf der Suche nach dem Mädchen mit dem roten Schal – zumindest hoffte Marja, dass der Käuzchenruf das bedeutet hatte. Aber ob sie alle Kinder mitgenommen hatte oder vielleicht nur ein paar von ihnen oder gar keine, das wussten sie nicht.

Endlich erreichten sie – zum Glück ohne tollpatschige Zwischenfälle – eine enge Treppe, die steil nach oben führte und vor einer weiteren Tür endete. Alejandro drehte sich zu Marja um und legte den Finger auf die Lippen. Dann knipste er die Taschenlampe aus und drückte vorsichtig, ganz vorsichtig die Klinke herunter. Die Tür öffnete sich ohne einen Laut.

Sie fanden sich in einem Flur wieder, den Marja schon kannte. Hier hatte Amaia sie am Abend zuvor entlanggeführt, nachdem sie gegessen und geredet hatten. Dort war das Bad, und dort, hinter dieser Tür, war das Zimmer, in dem sie geschlafen hatte. Und am Ende des Gangs musste dann auch die Treppe liegen, die zum Schankraum führte, die Marja von ihrer Position aus allerdings nicht sehen konnte.

Alejandro bewegte sich nun in genau diese Richtung. Marja war ein bisschen mulmig bei dem Gedanken. Der Schankraum war so hell, so offen. Waren sie dort nicht viel zu leicht zu entdecken? Aber er schien so zielstrebig und seiner Sache so sicher, dass sie nicht wagte zu protestieren.

Und tatsächlich hatte sie sich umsonst Sorgen gemacht, denn kurz vor der Tür zum Schankraum bog Alejandro unvermittelt nach links ab und stieg eine weitere Treppe hinauf, die Marja bei ihrem ersten Besuch gar nicht aufgefallen war. Aber natürlich, sie mussten weiter nach oben. Denn das Zimmer mit dem Spiegel, hatte Alejandro ja gesagt, befand sich unter dem Dach.

Im ersten Stock entdeckten sie einen weiteren langen Flur mit etlichen Türen zu beiden Seiten. Gästezimmer, vermutete Marja. Aber wer mochte darin wohnen? Nach allem, was sie inzwischen wusste, bezweifelte sie sehr, dass Amaia wirklich Touristen oder andere Gäste hier beherbergte. Waren dies die Zimmer ihrer Kinder? Ihre Neugier drängte Marja dazu, wenigstens eine der Türen zu öffnen, um zu sehen, was sich dahinter verbarg. Aber das ging natürlich nicht. Wenn sie für irgendetwas auf der Welt jetzt keine Zeit hatten, dann für Neugier. Sie wussten ja nicht, wie lange Víbora, Carina, Javier und Diego die *Llorona* ablenken konnten. Und den Spiegel zu finden und unentdeckt wieder zu verschwinden, war tausendmal wichtiger. Also schlich sie weiter hinter Alejandro her den Gang entlang und versuchte, sich nicht zu sehr einzubilden, dass aus manchen Zimmern ein leises Atmen zu hören war.

Am Ende des Flurs stießen sie schließlich auf eine weitere Tür, die kleiner und weniger hübsch war als die anderen. Sie sah so aus, als sei sie nur eilig aus ein paar schiefen Brettern zusammengezimmert worden. Als Alejandro sie öffnete, kam eine Holztreppe zum Vorschein, die nach oben führte und beinahe so steil war wie eine Leiter. Das musste der Aufstieg zum Dachboden sein! Alejandro trat zur Seite, damit Marja als Erste hinaufklettern konnte.

Das Herz schlug Marja bis zum Hals, als sie die Hände auf das dünne Metallgeländer legte. Die Stufen knarzten laut unter ihren Füßen, als wollten sie das ganze Viertel aufwecken. Als sie endlich den Kopf durch die Luke am Ende der Treppe steckte, ging ihr Atem schwer vor Aufregung.

Und da war er: der Spiegel, von dem Alejandro erzählt hatte.

Er stand mitten im Raum auf den staubigen Holzdielen, ein riesiges, schimmerndes Oval in einem Rahmen aus zu kunstvollen Schnörkeln geschnitztem Holz, als wäre er aus einem Märchenbuch ausgeschnitten und hierhergestellt worden. Das Mondlicht, das durch die kleinen Dachfenster fiel, glänzte auf dem spiegelnden Glas, und er schien so gar nicht in diese Welt zu gehören.

Dass sie den Spiegel schon eine ganze Weile sprachlos angestarrt haben musste, wurde Marja erst klar, als Alejandro sie von unten ungeduldig in die Wade kniff. Sie unterdrückte einen Schmerzenslaut und kletterte hastig die letzten Stufen hinauf. Oben angekommen, krabbelte sie ein Stück zur Seite, um Alejandro Platz zu machen.

»Also, da wären wir«, flüsterte er, als sie sich schließlich gemeinsam aufrappelten und sich die schmutzigen Hände an den Hosen abklopften. Sein Blick war nervös, und Marja konnte sehen, dass er beständig lauschte, ob sich ihnen auch niemand näherte. »Los, schnell! Frag ihn nach deinen Eltern!«

Marja schluckte trocken. Sie hatte noch nie mit einem Spiegel gesprochen, natürlich hatte sie das nicht, und sie kam sich nun trotz allem ein bisschen blöd dabei vor. Sollte sie wirklich einfach fragen? Musste sie nicht wenigstens einen Zauberspruch aufsagen oder so etwas?

Zögernd trat sie näher an den Spiegel heran. Er war riesig, viel größer als Marja, selbst wenn sie sich auf die Zehenspitzen gestellt und die Arme ausgestreckt hätte. Sie sah sich selbst in dem Glas, ihr dreckiges Gesicht, die zerwühlten Haare und die Klamotten, die dringend eine Wäsche nötig gehabt hätten. Ihre Augen sahen furchtbar traurig aus. So einsam. Und ihr wurde klar, dass sie in den letzten Stunden kaum Zeit gefunden hatte, sich darüber bewusst zu werden, wie sehr sie ihre Eltern und Paulina wirklich vermisste. Ihr Hals wurde eng und hinter ihren Augen drückte und brannte es.

Und in diesem Moment geschah etwas sehr Merkwürdiges. Es war, als würde der Spiegel auf die Traurigkeit reagieren, die ihr die Kehle hinaufkroch und sich in einem verzweifelten Schluchzen Bahn brechen wollte. Ganz plötzlich fühlte Marja sich warm und verstanden, fast als ob jemand sie tröstend in den Arm genommen hätte. Es war, als ob der Spiegel *lebte*! Und mit einem Mal kam sie sich gar nicht mehr dumm vor, ihn um Hilfe zu bitten.

»Bitte«, flüsterte sie rau. »Kannst du mir zeigen, wo meine Eltern sind?«

Ihr Spiegelbild flackerte und schlug Wellen, als hätte jemand einen Kieselstein in einen stillen See geworfen. Die Oberfläche des Spiegels kräuselte sich wie aufgewühltes Wasser. Und als es wieder ruhig wurde, sah Marja nicht mehr sich selbst, sondern ein kleines Zimmer, vermutlich in einem Hotel. Ein breites Bett stand an der Wand, und darin lagen ihre Eltern, zwischen sich Paulina, die tief und fest schlief. Ihre Eltern hielten sich über Paulinas Kopf an den Händen. Selbst im Schlaf sahen sie erschöpft aus, und Marja konnte erkennen, dass ihre Mutter viel geweint haben musste. Ihre Hände ballten sich zu Fäusten und nun konnte sie die Tränen nicht mehr zurückhalten. Wie gern hätte sie sich jetzt zu ihrer Familie ins Bett gekuschelt, wie gern hätte sie ihnen gesagt, dass sie bald wieder da war und sie sich keine Sorgen zu machen brauchten!

»Welches ... welches Hotel ist das?«, brachte sie mit erstickter Stimme heraus.

Noch einmal flimmerte das Spiegelbild und nun sah Marja eine Hausfassade. *Hotel* stand in großen gelben Buchstaben über dem Eingang, sonst nichts. Hilfe suchend drehte Marja sich zu Alejandro um. »Weißt du, wo das ist?«, fragte sie hoffnungsvoll. Dass sie ziemlich verheult aussehen musste, war ihr nun völlig egal.

Alejandro trat neben sie und musterte das Spiegelbild eine Weile eingehend. »Klar«, sagte er schließlich. »Das ist einfach.«

In diesem Moment wäre Marja ihm am liebsten um den Hals gefallen. »Okay«, flüsterte sie, und obwohl sie noch stundenlang hätte bleiben können, um ihre

Eltern und ihre kleine Schwester beim Schlafen zu beobachten, fügte sie tapfer hinzu: »Dann … dann lass uns schnell von hier verschwinden.«

Alejandro nickte und warf ihr einen Blick zu, den sie nicht recht deuten konnte. Irgendetwas zwischen Bitterkeit und … Verzweiflung? Marja verstand es nicht, ihr Kopf war viel zu voll von all den Gefühlen, die sie eben überrollt hatten. Doch als sie zurück zum Spiegel sah, war das Glas schon wieder blank und still und zeigte nichts anderes als Marjas und Alejandros Spiegelbilder. Eine seltsame Leere machte sich in Marja breit, und fast hätte sie den Spiegel sofort angebettelt, ihr die Bilder noch einmal zu zeigen, damit sie sicher sein konnte, sich nicht geirrt zu haben. Aber sie tat es nicht. Tief in ihrem Inneren wusste sie sowieso, dass sie wirklich da gewesen waren. Alejandro hatte sie auch gesehen. Und auch in ihm hatten sie etwas ausgelöst, das konnte sie ihm ansehen. Nur was, das wusste Marja nicht.

»Also, gehen wir«, wiederholte sie und machte einen Schritt auf die Luke zu. Aber Alejandro rührte sich nicht.

»Nur eine Minute«, sagte er und seine Stimme klang plötzlich seltsam hohl. »Ich … möchte den Spiegel auch was fragen.«

Marja sah ihn verwirrt an. Damit hatte sie nicht gerechnet. »Ähm, ja«, stotterte sie. »Ich meine, klar.«

Alejandro presste die Lippen zusammen, doch er

sagte nichts. Eine kleine Ewigkeit, so schien es Marja, stand er bewegungslos und stumm vor dem Spiegel und starrte sich selbst an – so lange, dass sie sich dazu zwingen musste, nicht unruhig von einem Fuß auf den anderen zu treten. Was wollte er den Spiegel wohl fragen? Dachte er vielleicht, seine eigenen Eltern wären auch noch in Barcelona? Warum fiel es ihm so schwer, danach zu fragen? Und überhaupt, mussten sie sich jetzt nicht wirklich bald auf den Rückweg machen? Unsicher warf sie einen Blick über die Schulter. Der Dachboden lag immer noch still und silbergrau im Mondlicht. In den unteren Etagen und draußen auf der Straße rührte sich nichts. Aber Marja hatte keine Ahnung, wie lange sie schon hier oben waren. Amaia würde bestimmt jeden Moment zurückkommen! Die anderen konnten sie schließlich nicht ewig in die Irre führen.

Ein dumpfes Poltern ließ sie zusammenzucken. Und als sie sich hastig wieder zu Alejandro umwandte, sah sie, dass die Taschenlampe aus seiner Hand zu Boden gefallen war. Entgeistert starrte Marja ihn an. Sein Gesicht war im Mondlicht aschfahl.

»Esma«, sagte er rau. »Wo ist Esma?«

»Ich bin hier, Alejandro.«

Fast gleichzeitig fuhren Marja und Alejandro herum. Die leise Stimme war von hinten gekommen, dort wo die Luke war. Ein Mädchen stand dort, blass wie ein Geist, die Augen zwei leere schwarze Höhlen über den bleichen Wangen. Ihr Lächeln war so leer wie ihr Blick und das rote Tuch um ihren Hals war der einzige unwirkliche Farbklecks in der milchig weißen Dunkelheit.

Fassungslos starrte Marja sie an. Wer war sie und wo war sie so plötzlich hergekommen? Sie hatte sich doch eben noch umgesehen! Da war niemand gewesen und sie hätten doch das Knarzen der Leiter hören müssen!

Neben ihr machte Alejandro ein seltsames Geräusch, halb Keuchen, halb Schluchzen. »Esma«, stieß er hervor, als traue er seinen Augen nicht. »Esma ...?«

Das Mädchen machte einige zögernde Schritte nach vorn und streckte die Arme aus. Eine Träne lief über ihre Wange. »Ich wusste, du würdest kommen. Ich wusste es.«

Etwas stimmte nicht mit ihr, dachte Marja. Da war kein Gefühl in ihrer Stimme. Kein Glück, keine Freude. Nicht einmal Erleichterung. Es war, als spräche eine Puppe, in die ein Tonband eingebaut war. Es schnürte Marja den Hals zu.

Alejandro aber schien davon nichts zu bemerken. Er stolperte dem Mädchen entgegen und schloss es fest in die Arme. »Esma«, wiederholte er und drückte seine Nase in ihre Haare. »Oh, Esma, es tut mir so leid! Ich wollte dich nicht zurücklassen, niemals, das musst du mir glauben! Aber jetzt wird alles gut, ich verspreche es, alles wird gut ...«

»Ja«, flüsterte Esma mit unbewegtem Gesicht und

lächelte, für Alejandro unsichtbar, ihr leeres Lächeln. »Alles wird gut, großer Bruder. Alles wird gut.«

Großer Bruder.

Mit offenem Mund starrte Marja Alejandro und das Mädchen an. Die Kleine war seine Schwester? Amaia hielt seine *Schwester* gefangen? Ja, das erklärte so einiges.

Und dann öffnete Esma den Mund und begann zu singen.

Esma

Marja erkannte das Lied, kaum dass das Mädchen den ersten Ton gesungen hatte. Es war das Schlaflied. Amaias Zauberlied! Und Marja musste nicht eine Sekunde länger überlegen, ob es hier und jetzt möglich war, Esma zu retten. Nein, sie mussten froh sein, wenn sie sich selbst überhaupt noch retten konnten.

Sie wusste kaum, was sie tat, aber im nächsten Moment hatte sie schon den Arm um das fremde Mädchen geschlungen. Mit aller Kraft zerrte sie Esma von Alejandro weg, mit so viel Schwung, dass sie beide hintenüberfielen. Esma hatte aufgehört zu singen. Sie kreischte und zappelte, und Marja presste ihr die Hand auf den Mund, um ihre Schreie zu ersticken. Immerhin hatte das Lied aufgehört, noch ehe es richtig begonnen hatte.

Für einen Moment stand Alejandro nur wie versteinert da und sah verdattert auf die beiden Mädchen herunter. Dann aber kam Leben in ihn. Sein Gesicht verzerrte sich zu einer wütenden Grimasse. »Lass sofort meine Schwester los!«, zischte er und stürzte auf Marja zu, um ihre Arme festzuhalten. Nie im Leben hätte Marja erwartet, dass er so bösartig aussehen konnte, fast als wäre er gar nicht er selbst.

»Hör auf!«, rief sie. »Merkst du denn nicht, dass sie dich verhexen will?«

Aber Alejandro schien sie gar nicht zu hören – oder nicht hören zu wollen. Und so sehr sie sich auch festklammerte, gegen ihn und Esma zusammen hatte Marja keine Chance. Schon nach Sekunden musste sie erschöpft aufgeben. Wimmernd und zitternd flüchtete Esma sich in Alejandros Arme. Der strich ihr besänftigend über den Kopf und warf Marja einen finsteren Blick zu. »Fass sie noch einmal an«, knurrte er drohend, »und du wirst dir wünschen, du wärst niemals auch nur in ihre Nähe gekommen.«

Marja bebte nun selbst am ganzen Körper. »Sie wollte das Lied singen!«, stieß sie hervor. »Du musst mir glauben, sie wollte …«

Das Geräusch einer zuschlagenden Tür weit unter ihnen im Erdgeschoss ließ sie verstummen. Marja erstarrte. *Amaia.* Nein, dachte sie verzweifelt, nicht auch das noch! Sie wusste nicht, warum sie so sicher war, dass gerade jetzt, in diesem Moment, die Hexe zurückkehrte. Aber sie war es. Und sie musste sie einfach gehört haben, sie hatten so einen Lärm gemacht, niemand hätte das überhört! Allein Esmas Schreie waren so markerschütternd gewesen, sie hätten Tote erwecken können.

Auch Alejandro hatte sich aufgerichtet, die Augen nun wieder wach, funkelnd und fast beängstigend ruhig. »Wir müssen weg«, sagte er kühl und stand auf. Seine Schwester hielt er auf dem Arm, als wäre sie federleicht, obwohl sie viel zu groß dafür aussah. Ohne sich nach Marja umzusehen, stakste er mit ein wenig ungelenken Schritten zur Stiege und war kurz darauf in der Luke verschwunden.

Marja folgte ihm eilig. Ihr Brustkorb schmerzte vor lauter Herzklopfen, und ihre Beine zitterten so sehr, dass sie fürchtete, die Treppe hinunterzufallen. Unter sich hörte sie Esma flüstern. »Hab keine Angst, Alejandro. Du musst sie nicht fürchten, bitte glaub mir!« Wieder begann sie das Lied zu summen und diesmal konnte Marja rein gar nichts dagegen tun. Sie hatte alle Hände voll damit zu tun, sich festzuhalten, obwohl Esmas Stimme sie schwindelig machte. Die Melodie hatte aus ihrem Mund längst nicht die gleiche betörende, einlullende Wirkung auf sie, als wenn Amaia sie sang. Doch Marja war sich ganz und gar nicht sicher, ob das auch für Alejandro galt. Und als sie endlich das Ende der steilen Treppe erreicht hatte, sah sie ihn nur wenige Schritte entfernt auf dem Boden sitzen wie ein Häufchen Elend, die Arme fest um seine

Schwester geschlungen. Seine Augen aber waren auf Marja gerichtet, und dieses Mal, das konnte sie sehen, wusste er genau, was mit ihm geschah. Und er hatte ebenso große Angst wie sie selbst. Hilflose Tränen rannen ihm über das Gesicht, doch er machte keine Anstalten, sie wegzuwischen. Seine Hand war auf Esmas Mund gepresst. Aber das hinderte sie nicht daran, weiterzusummen und das Lächeln zu lächeln, das ihre Augen nie erreichte.

»Hör auf damit, Esma!«, flehte Alejandro. Verzweifelt wiegte er seine Schwester in den Armen, ohne die Hand von ihrem Mund zu nehmen. »Du weißt nicht, was du da tust! Lass uns von hier abhauen, bitte! Dann bist du wieder frei!«

Aber Esma hörte nicht auf. Und Marja wagte nicht, ihr noch einmal zu nahe zu kommen. Schon sah sie, wie sich ein Schleier über Alejandros Augen legte. Seine Willenskraft flackerte wie eine Kerzenflamme im Wind. Und nun hörte Marja Schritte – viele Schritte –, die sich unerbittlich näherten. Amaia kam und die Verlorenen Kinder mit ihr.

Panisch sah sie sich um. Die Treppe, über die sie heraufgekommen waren, war nicht weit entfernt, und die Schritte kamen aus einer anderen Richtung. Es musste also noch einen Weg geben, der aus dem Erdgeschoss zu den Zimmern der Kinder führte, und das konnte ihre Rettung sein – ihr letzter Ausweg.

»Alejandro«, drängte Marja, ging voraus zur Treppe

und streckte ihm die Hand entgegen. »Wir müssen hier raus, hörst du? Nimm deine Schwester und komm! Wir schaffen das, bitte, ich weiß es!«

Alejandro starrte sie sekundenlang mit leerem Blick an. Dann nickte er fast mechanisch, packte Esma und kämpfte sich irgendwie auf die Füße, schleifte das Mädchen beinahe über die knarrenden Holzdielen auf Marja zu.

Aber er kam nicht weit. Nach wenigen Schritten schon stolperte er über einen von Esmas Füßen, die ihm schlaff zwischen den Beinen baumelten, sodass er erneut zu Boden stürzte. Und diesmal blieb er, wo er war, fest an die singende Esma geklammert, als gäbe es nichts auf der Welt, was ihn noch retten könnte, wenn er gezwungen wäre, sie loszulassen.

»Mach schon«, flüsterte er, und Marja sah in seinem Blick, dass sein Kampfgeist nun endgültig gebrochen war. »Hau ab! Geh ohne mich!«

»Aber …« Marja ballte die Fäuste. Die Schritte von Amaia und ihren Kindern waren nun schon sehr nah. Es war so gut wie unmöglich, mit Esma zu entkommen, aber sie wollte und konnte das nicht einfach geschehen lassen! Wenn Alejandro das bloß genauso gesehen hätte. Aber von dem entschlossenen, mutigen Jungen, den Marja kennengelernt hatte, schien kaum noch etwas übrig zu sein. Marja hätte heulen können vor Frust und Verzweiflung.

»Du hast selbst gesagt, die anderen brauchen dich!«,

rief sie wütend. »Willst du sie etwa im Stich lassen?« Aber nicht eines ihrer Worte schien auch nur die geringste Wirkung zu zeigen. Was sollte sie nur tun? Sie konnte doch nicht einfach so gehen!

Alejandro lächelte verzerrt und versuchte, etwas zu sagen – doch in diesem Moment öffnete sich am anderen Ende des Flurs eine Tür. Der Klang schnitt ihm das Wort ab, und wie von unsichtbaren Fäden gezogen, wandten Marja, Alejandro und Esma gleichzeitig den Kopf, um zur Tür zu schauen.

Und dort stand sie, die *Llorona*, umringt von ihren weiß gewandeten Kindern, ein wehmütiges und zugleich triumphierendes Lächeln auf den Lippen.

»Alejandro«, sagte sie, ganz ruhig und freundlich. Marja lief ein eisiger Schauer über den Rücken. »Du bist endlich zurück. Willkommen zu Hause.«

Ihr Anblick, so schön und schrecklich zugleich, schien Alejandro ein letztes Mal wach zu rütteln. Wie von einer Schlange gebissen, sprang er auf, doch Esma hing noch immer wie ein nasser Mehlsack an seinem Hals.

»Geh!«, brüllte er Marja an. »Verschwinde, na los!«

Und nun ließ Marja sich das nicht noch einmal sagen. Sie wirbelte auf dem Absatz herum und stürmte die Treppe hinunter, so schnell sie ihre Beine trugen.

Für einen kurzen Moment klammerte sie sich noch an die Hoffnung, Alejandro wäre hinter ihr. Sie hoffte verzweifelt, die Schritte, die sie hörte, wären seine.

Aber als sie Esma wieder singen hörte und der Chor der anderen Kinder und schließlich auch Amaia selbst in das Lied einstimmten, wusste sie, dass ihre Hoffnung vergebens war. Sie konnte nichts tun. Sie konnte Alejandro nicht helfen.

Also steckte sie sich nur fest die Finger in die Ohren und rannte.

Bruder José und die Großmutter schliefen tief und fest und schienen die jammernde Kinderstimme nicht gehört zu haben, die Amaia aus dem Schlaf gerissen hatte. Sie wachten nicht auf, ja sie rührten sich nicht einmal, als Amaia aufsprang und vor die Tür rannte, um dem Weinen nachzugehen. Draußen war es nun wieder still – so still, wie es nachts in einem Urwald sein konnte. Der Fluss rauschte und plätscherte, im dichten Blattwerk tröpfelte es unaufhörlich und die nachtaktiven Tiere raschelten, grollten, klapperten und zirpten. Keins von ihnen klang wie ein verlorenes Kind, nicht einmal im Entferntesten. Aber Amaia hatte es gehört, sie war sich ganz sicher: Das war Sol gewesen, deren Verzweiflung sie geweckt hatte!

»Sol?«, flüsterte sie in die Nacht, die Stimme noch immer brüchig und tonlos vom vielen Schreien. »Cariño, Liebes, bist du da?« Und dann, etwas lauter, obwohl jede Silbe wie Feuer in ihrer Kehle brannte: »Sol? Luisa? Wo seid ihr? Kommt doch zurück, ich bitte euch …«

Die Hände um das Verandageländer geklammert, neigte Amaia sich weit vor und lauschte. Aber mit jeder Sekunde, die ohne eine Antwort verstrich, wuchs ihre Mutlosigkeit –

und die Gewissheit, sich doch getäuscht zu haben. Ihre von der Aufregung und Erschöpfung verwirrte Wahrnehmung hatte ihr einen Streich gespielt.

Tränen stiegen Amaia in die Augen. »Luisa …«, schickte sie ihr geflüstertes Flehen ein letztes Mal in die Dunkelheit. »Sol … Kommt zurück! Kommt zurück …«

Doch sie hoffte nicht einmal mehr auf eine Antwort. Ihre Schultern sanken herab, ihr Griff um das Verandageländer erschlaffte, und sie wandte sich ab vom nächtlichen Dschungel, um wieder hineinzugehen.

Doch da vernahm sie es erneut: ein leises Weinen, weit entfernt und kaum hörbar. Das Weinen von zwei Kindern! Und als sie sich noch einmal vorbeugte und aufgeregt zum Fluss hinunterspähte, sah sie Sols rotes Tuch in der Dunkelheit leuchten.

Amaias Herz setzte einen Schlag aus.

Sol!

Ihr kleines Mädchen! Und Luisa war bei ihr! Sie konnte die beiden schluchzen hören. Sicher wussten sie nicht, wo sie waren, ahnten nicht, dass sie beinahe schon ihr Zuhause wiedergefunden hatten!

Ohne noch einen Moment länger zu zögern, eilte Amaia die Verandatreppe hinunter und rannte zum Ufer. Der Weg war voller Wurzeln, gesäumt von scharfkantigem Gestrüpp und zähen Schlingpflanzen, die in der Dunkelheit leicht zu tückischen Stolperfallen werden konnten, zumal sie sich nicht einmal die Zeit genommen hatte, ihre Schuhe überzustreifen. Aber daran verschwendete Amaia keinen einzigen Gedan-

ken. Nicht einmal das riesige Spinnennetz, durch das sie hindurchlief, machte ihr Sorgen. Sie wischte sich nur die kühlen, klebrig feuchten Fäden aus dem Gesicht und hastete weiter, immer voran, bis sie endlich die kleine Bucht erreichte.

Doch dort war niemand. Keine Sol. Und auch keine Luisa.

Amaia wurde schwindelig. Wie war das möglich? Sie hatte sie doch gehört! Sie hatte Sols Schal gesehen! Wo waren die Kinder hingelaufen? Warum hatten sie nicht auf sie gewartet? Suchend drehte Amaia sich um ihre eigene Achse, lief bis ganz hinunter zum Fluss und sogar ein Stück hinein. Wie ein breites schwarzes Band floss das Wasser an ihr vorbei und umspülte kühl ihre Knöchel.

Schwer atmend blieb Amaia stehen und versuchte, sich zu beruhigen. Sie konnten nicht weit gekommen sein. Irgendwo hier mussten sie in den Wald gelaufen sein.

Noch einmal blickte sie sich nach allen Seiten um. Und da sah sie am anderen Ufer, im Schatten des dichten Unterholzes, das Leuchten eines roten Seidenschals.

Kriegsrat

Marja hielt sich nicht damit auf, den Weg durch den Keller zu suchen, auf dem sie mit Alejandro hereingekommen war. Ohne Umschweife stürzte sie durch die Tür, hinter der leer und verlassen der Schankraum lag, an den verwaisten Tischen vorbei und auf die Straße hinaus. Zur Kirche. Sie musste zum Treffpunkt an der Kirche, wo die anderen warteten, dort konnte Amaia nicht hin, an etwas anderes konnte sie nicht mehr denken. Während sie rannte, wagte sie nicht, die Finger auch nur eine Sekunde aus den Ohren zu nehmen. Immer wieder warf sie gehetzte Blicke über die Schulter zurück zur Taverne, die geisterhaft still und düster hinter ihr lag und langsam mit der Nacht verschmolz. Marja konnte niemanden sehen und auch keine Stimmen mehr hören, doch in ihrem Kopf klang das verzauberte Lied so laut, dass sie am liebsten geschrien hätte, um es zu übertönen. Und je länger es klang, desto weniger Platz war in ihrem Kopf für andere Gedanken. Nur noch das Lied, das Lied und die Kirche, das Lied und die Kirche …

Die Gestalten, die ihr plötzlich aus einer Seitengasse in den Weg traten, bemerkte Marja erst, als es schon zu spät war. Sie tauchten einfach vor ihr auf, vier schmächtige, schattenhafte Schemen mit leuchtend roten Halsbändern, die großen Augen funkelnd im Mondlicht.

Marja legte eine Vollbremsung hin und schrie erschreckt auf. Auf dem Absatz machte sie kehrt und wollte in die entgegengesetzte Richtung fliehen. Da packte sie eine kräftige Hand am Arm.

»Marja!«, zischte eine Stimme. »Marja, wir sind's!«

Marjas erster Gedanke war, wild um sich zu schlagen, sich irgendwie zu befreien. Zur Kirche! Sie musste es doch zur Kirche schaffen!

Doch dann, mit etlichen Sekunden Verspätung, begriff sie endlich. Die Stimme, die sie gerade gehört hatte, war Carinas, und die Hand, die sie eisern festhielt, gehörte zu Diego. Keuchend und zitternd hielt Marja still. Langsam klärte sich ihre Sicht, und sie erkannte nun auch die Gesichter von Javier und Víbora, die nur wenige Schritte hinter Carina und Diego standen.

Schließlich ließ Diego Marja los, ganz vorsichtig, als sei er sich nicht sicher, ob sie ohne seine Hilfe würde stehen können.

»Was ist passiert?« Víboras Stimme klang ungewohnt besorgt, mindestens ebenso besorgt, wie die anderen aussahen. »Du bist ja völlig fertig mit der Welt.« Mit einem Schritt nach vorn drängte sie sich zwischen Carina und Diego und musterte Marja scharf. »Habt ihr den Spiegel gefunden? Weißt du jetzt, wo deine Eltern …?« Sie stockte und ihre Stimme nahm einen alarmierten Klang an. »Wo ist Alejandro?«

Es fiel Marja unglaublich schwer, sich so weit zusammenzureißen, dass sie überhaupt sprechen konnte. »Ich …«, stammelte sie, brach ab und versuchte es erneut. »Er …« Sie schüttelte verzweifelt den Kopf. »Er hat mir nicht gesagt, dass er eine Schwester hat! Er hat nur gesagt, er … er wollte den Spiegel auch etwas fragen!«, stieß sie endlich hervor.

»Eine Schwester?« Víbora, Diego und Javier wechselten verwirrte Blicke. Nur Carina presste die Lippen zusammen und sah an Marja vorbei, dorthin, wo Amaias Taverne liegen musste. Marja war sich für einen Moment nicht sicher, ob sie wirklich antworten sollte. Aber sie mussten wissen, was passiert war. Also nickte sie zögernd.

»Das hat er gesagt«, bestätigte sie leise. »Sie war ganz plötzlich da und … sie hat gesungen.« Bei der Erinnerung lief ihr ein kalter Schauer über den Rücken.

Für eine ganze Weile schienen die anderen sprachlos zu sein. Schweigend und wie vor den Kopf geschlagen, sahen sie sich an.

Doch dann kam plötzlich Leben in Víbora. »Amaia hält Alejandros *Schwester* gefangen, und er hat es nicht für nötig gehalten, uns das zu sagen?«, fauchte sie fassungslos. »Carina, hast du das etwa gewusst?!«

Aber Carina schüttelte nur den Kopf. »Wir müssen hier weg«, erklärte sie mit gepresster Stimme. »Es ist zu gefährlich hier. Wir reden darüber, wenn wir zurück in Poblenou sind.«

Niemals, dachte Marja verwirrt, hätte sie geglaubt, dass die stille, schmale Carina mit dem kindlichen Gesicht so energisch sein konnte. Doch niemand, nicht der große, starke Diego, nicht einmal Víbora und schon gar nicht der kleine Javier, stellten in diesem Moment ihre Entscheidung infrage. Vielleicht, weil sie recht hatte. Sie mussten weg, da gab es nichts zu diskutieren. Denn das Lied der *Llorona* und ihrer Kinder hing noch immer lautlos in der Luft. Und sie alle wussten nur zu gut, dass sie nicht noch einen Verlust verkraften würden.

Der Heimweg auf den Friedhof von Poblenou verlief schweigsam. Niemand sprach ein Wort, bis sie wieder in der Gruft waren. Auch Thais und Nin, die ungeduldig an der Mauer auf sie warteten, verkniffen sich ihre Fragen, bis sie in dem kleinen Gewölbe unter der Erde hockten.

Es dauerte eine Weile, bis alle auf dem Deckenhaufen in der Mitte des Raums einen Platz gefunden hatten und zur Ruhe gekommen waren. Die Nervosität, die in der Luft hing, war fast greifbar und legte sich wie ein prickelnder Film auf Marjas Haut.

Thais war schließlich die Erste, die wieder sprach. Sie war ein ruhiges, fast mütterliches Mädchen mit einem runden, freundlichen Gesicht, das jetzt allerdings dunkel war vor Sorge. Da sie nicht mitgekommen war in die Stadt, musste sie erst recht darauf brennen zu erfahren, was im Haus der *Llorona* vorgefallen – und vor allem, was schiefgelaufen war.

»Was ist denn passiert?«, fragte sie mit leiser Stimme, doch in das drückende Schweigen fuhren ihre Worte wie ein Blitz. Sie fragte nicht nach Alejandro, aber das musste sie auch nicht. Jeder von ihnen hörte die unausgesprochene Frage auch so. Und sie wussten auch, dass es nur eine gab, die ihnen wirklich erzählen konnte, was in Amaias Taverne vorgefallen war.

Marja rutschte unruhig auf ihrem Kissen hin und her. Alle Augen ruhten nun auf ihr. Aber wie sollte sie beginnen? Sie sah von einem zum anderen, doch in keinem der angespannten Gesichter fand sie die Antwort auf diese Frage. Aber das bedeutete leider nicht, dass sie deshalb still bleiben konnte. Also brachte sie es wohl am besten schnell hinter sich.

Weil die anderen den Rest des Plans ja schon kannten, fing sie mit dem Moment an, in dem sie und Alejandro auf den Dachboden geklettert waren und den Spiegel gefunden hatten. In knappen Worten berichtete sie, was dort oben geschehen war. Sie erzählte von ihrer eigenen Frage an den Spiegel, von der Antwort und von Alejandros Bitte, ebenfalls eine Frage stellen zu dürfen, ehe sie vom Dachboden flüchteten. Von Esmas Auftauchen, von ihrem Lied – und schließlich von der missratenen Flucht vor Amaia und wie sie Alejandro am Ende hatte zurücklassen müssen.

Als Marja fertig war, war es noch eine ganze Weile still in der Gruft. Die Kinder starrten sie mit fassungslosen Gesichtern an. Nin hatte leise angefangen zu weinen und klammerte sich an Thais. Niemand schien zu wissen, was er sagen sollte, und erst recht wagte niemand, einen Vorschlag zu machen, was jetzt zu tun war.

Und dann, als die Stille schon beinahe unerträglich wurde, stieß Víbora einen furchtbaren Fluch aus. Sie klang so böse dabei, dass die Haare auf Marjas Armen sich kribbelnd aufstellten. Dabei richtete sich Víboras Wut nicht einmal gegen sie, wie sie befürchtet hatte.

»Du hast es gewusst!«, fuhr sie Carina an. »Los, gib es zu! Du hast *gewusst*, dass er eine Schwester hat, die bei der Hexe ist, stimmt's?«

Carina antwortete nicht gleich. Selbst im matten, flackernden Licht der Kerzen konnte Marja sehen, dass ihre Wangen käsebleich waren, und um die Nase war sie richtig grün, als müsste sie sich gleich übergeben.

»Er hat mir verboten, es euch zu erzählen«, murmelte sie und verschränkte die Arme schützend vor der Brust.

Víbora zischte und klang nun wirklich wie eine wütende Schlange. »Du wusstest es und hast ihn trotzdem ganz allein dort reingehen lassen?!« Sie schüttelte fassungslos den Kopf. Selbst das Klicken der Perlen in ihren dünnen Zöpfen klang nun wütend.

Marja konnte sich gerade noch davon abhalten, einzuwerfen, dass Alejandro ja gar nicht allein in der Taverne gewesen war. Aber sie ahnte, dass Víbora wahrscheinlich nur noch wütender werden würde – außerdem hatte ihre Anwesenheit Alejandro kein bisschen geholfen. Sie biss sich auf die Lippe, um die aufkeimenden Schuldgefühle zu unterdrücken, und schwieg.

Sowieso konnte Carina sich scheinbar auch ohne Marjas Hilfe ganz gut verteidigen. Sie reckte das spitze Kinn und straffte die Schultern. »Ich habe ihn nirgendwo hingehen lassen!«, schleuderte sie Víbora entgegen. »Niemand befiehlt Alejandro, was er tun soll, schon vergessen? Oder glaubst du etwa, du hättest ihn aufhalten können? Dass ich nicht lache! Einen Dreck hätte er auf dich gehört! Er hat dir ja nicht mal genug vertraut, um dir von Esma zu erzählen!«

Víbora wurde krebsrot im Gesicht. »Und ob er mir vertraut hat!«, schrie sie und sprang auf die Füße, nur um wie wild mit den Fäusten auf Carina loszugehen. »Du hast ja keine Ahnung, du eingebildete …«

Was sie Carina hatte an den Kopf werfen wollen, ging in der allgemeinen Aufregung unter, die plötzlich losbrach. Alle redeten durcheinander, versuchten, Víbora aufzuhalten oder Carina davon abzuhalten, sich fauchend und kratzend zu wehren, ergriffen Partei oder schrien einfach nur dazwischen. Ein heilloses Durcheinander entstand, in dessen Zentrum Carina und Víbora sich prügelten, bissen und fluchten.

Bis jemand sie endlich allesamt wieder zur Vernunft brachte.

»Genug.«

Víbora, die gerade eine Hand in Carinas Haare gekrallt hatte, hielt schlagartig inne. Und auch die anderen wandten sich ruckartig in die Richtung, aus der die Stimme gekommen war. Ein ruhiger, aber bestimmter Befehl, kaum laut genug, um durch den ganzen Tumult überhaupt gehört zu werden, und doch reichte dieses eine Wort völlig aus, um sie ausnahmslos zum Schweigen zu bringen. Ein einziges Wort, gesprochen von dem Jungen, der sonst immer schwieg.

»Genug«, wiederholte Diego, noch leiser diesmal, und sah vorwurfsvoll in die Runde. Seine Augen funkelten und er hatte die Arme streng vor der Brust gekreuzt. »Seid ihr denn jetzt alle verrückt geworden?«

Betretenes Schweigen antwortete ihm. Diegos Stimme war beeindruckend tief für einen dreizehnjährigen Jungen – und vor allem sparte er sie für besondere Gelegenheiten wie diese auf und das machte ihren Klang umso eindrucksvoller. Marja jedenfalls wurde sofort klar, dass sie völlig unnötig den Kopf verloren hatte. Sie hatte sich mitreißen lassen, sie hatte Carina beistehen wollen und es dadurch nur schlimmer gemacht. Diego aber hatte sie innerhalb eines Sekundenbruchteils zur Vernunft gebracht. Zurück blieb nur das nagende Gefühl, sich völlig dämlich verhalten zu haben.

Auch bei den anderen, vor allem bei Carina und Víbora, hatte Diegos Einschreiten seine Wirkung nicht verfehlt. Schon rückten sie voneinander ab, sahen zu Boden und zupften schuldbewusst an ihren Shirts.

»Tut mir leid«, murmelte Carina und warf Víbora einen schnellen Blick zu. »War nicht so gemeint.«

Víbora presste die Lippen zusammen. Sie entschuldigte sich nicht, dazu war sie zu stolz. Aber sie nickte zustimmend und wickelte sich mit unbehaglicher Miene einen ihrer dünnen Zöpfe um den Finger.

Während die beiden Querulantinnen und ihre Mitstreiter an ihre Plätze zurückschlichen, fuhr Diego ruhig fort. »Wir sollten uns lieber Gedanken darüber machen, was wir jetzt tun können. Oder findet ihr nicht?«

Zustimmendes Gemurmel erklang. Aber keiner wagte es, sich laut zu äußern. Zum einen, weil sie alle noch ein wenig eingeschüchtert waren von Diegos Auftritt, zum anderen aber auch, weil tatsächlich niemand so schnell eine Idee hatte. Es war, dachte Marja, als ob sie alle darauf warteten, dass jemand ihnen sagte, wie es jetzt weiterging. Eine Position, die bisher zweifellos stets Alejandro übernommen hatte. Doch jetzt, wo ausgerechnet er fehlte, wurde erst wirklich klar, was für ein riesiges Loch er in der kleinen Gruppe der Nachtwächter hinterließ. Und je deutlicher sie das erkannte, desto stärker wurden ihre Schuldgefühle. Schließlich war Alejandro ja nur ihretwegen überhaupt in Amaias Taverne zurückgegangen und nun war er fort …

Marja biss sich auf die Lippe. Sie hatte wahrlich mehr als einen Grund, sauer auf Alejandro zu sein. Aber jetzt waren sie quitt.

»Müssen wir ihn nicht retten?«, piepste in diesem Moment Nin mit seinem dünnen Stimmchen. Aus großen, dunklen Augen sah er in die Runde. Sein Gesicht wirkte bleich und eingefallen vor Müdigkeit. Kein Wunder, es musste bereits weit nach Mitternacht sein.

Die älteren Nachtwächter und Marja wechselten befangene Blicke. Sie alle wussten, der jüngste von ihnen sprach damit aus, was kein anderer sich traute – aus Furcht, man könnte dann auch von ihm erwarten, den ganzen Rest zu planen, so wie Alejandro es immer getan hatte. Und dazu fühlte sich niemand in der Lage.

Schließlich nickte Carina zögernd. »Das sollten wir. Er hat uns alle da rausgeholt, jetzt können wir ihn nicht hängen lassen. Ich … weiß nur nicht, wie.«

Auch die anderen nickten zustimmend, erleichtert, dass einer den Anfang gemacht und die Hilflosigkeit zugegeben hatte. Carina sah von einem zum nächsten, sah in die vor Müdigkeit grauen Gesichter. Sie alle kämpften schwer mit der Erschöpfung und der Verzweiflung.

»Aber als Erstes sollten wir vermutlich versuchen zu schlafen«, sagte sie und seufzte leise. »Heute wird uns sicher nichts mehr einfallen. Also, mir jedenfalls nicht.« Sie stand auf.

Und als hätten sie nur auf ein Zeichen gewartet, verließen auch die anderen nur allzu bereitwillig den Versammlungsplatz in der Mitte der Gruft. Nin klammerte sich an Thais' Hand und stolperte mehr zu seiner Schlafnische, als dass er ging. Und auch Marja fühlte sich nicht viel sicherer auf den Beinen. Sie war heilfroh, als sie sich endlich in ihre Kissen kuscheln konnte. Nie hätte sie gedacht, dass eine Grabnische in einer alten Gruft sich so sicher und gut anfühlen könnte.

Trotzdem fiel es ihr schwer, auch nur die Augen zu schließen, vom Einschlafen ganz zu schweigen. Jetzt wo es allmählich still in der Gruft wurde, kreiste Amaias Lied wieder umso lauter und hartnäckiger in ihrem Kopf. Und als sie endlich doch in einen unruhigen Schlaf hineindämmerte, träumte sie von Äpfeln und roten Tüchern.

Die verdrehte Melodie

In dieser Nacht schlief niemand besonders viel. Beim Frühstück sah Marja an den bleichen Wangen und den tiefen Augenringen der anderen Kinder, dass sie ähnlich gerädert sein mussten wie sie selbst. Wenn sie ehrlich war, fühlte sie sich trotz mehrerer Stunden Schlaf, als ob sie ein Bagger überrollt hätte. Und als wäre das allein nicht genug, war auch noch das Erste, was sie nach dem Aufwachen hörte, Amaias magisches Lied.

Marja konnte sich gerade noch davon abhalten, in die Höhe zu schrecken und eine weitere Beule zu riskieren, um zu sehen, wer da sang. Zum Glück begriff sie rechtzeitig, dass niemand in der Gruft wach genug war, um auch nur ans Singen zu denken. Nein, das Lied war nur in ihrem Kopf, hartnäckiger und aufdringlicher als je zuvor. Da half es auch nicht, die Finger in die Ohren zu stecken, im Gegenteil. Die Melodie schien dadurch nur lauter zu werden, schlimmer als der lästigste Ohrwurm, den Marja jemals gehabt hatte. Und sie hatte in ihrem Leben schon viele Ohrwürmer gehabt, um genau zu sein eigentlich von jedem Stück, das sie jemals auf dem Klavier hatte üben müssen, plus etlicher Werbejingles und Songs aus dem Radio.

Zum Glück war das Baguette, das es zum Frühstück gab, schon ein bisschen trocken. Das Knuspern übertönte das Lied zumindest halbwegs. Doch als Marja sah, wie Javier herzhaft in einen der Äpfel biss, die von ihrer Aktion gestern Nacht übrig geblieben waren, verging ihr jeder Appetit. Wie konnte er den Apfel einfach so essen? Musste er denn nicht gleich daran denken, was passiert war? Unbehaglich legte Marja den Rest ihres Brotes zur Seite, obwohl ihr Bauch sich vor Hunger schon klein und schrumpelig anfühlte wie eine alte Rosine. Aber das schlechte Gewissen plagte sie so sehr, dass sie keinen weiteren Bissen herunterbekam.

Auch Carina, Thais und Víbora schienen keinen besonderen Appetit zu haben. Die Jungs hingegen langten umso kräftiger zu – Diego, Javier und Nin aßen, als wollten sie die appetitlosen Mädchen miternähren. Aber auch sie wirkten dabei irgendwie nervös, als sei eine möglichst reichhaltige Mahlzeit das Einzige, was ihnen einfiel, um die Situation zu verbessern.

Endlich räusperte sich Carina und brach damit das Schweigen, das nicht weniger bleiern und undurchdringlich war als in der Nacht. Irgendjemand musste die Rolle des Anführers übernehmen, und Carina schien die Einzige zu sein, die sich wirklich dazu durchringen konnte. Vielleicht, dachte Marja, fühlte sie sich auch ein bisschen schuldig, weil sie von Alejandros Geheimnis gewusst hatte.

»Und?«, fragte Carina und sah in die Runde. »Ist einem von euch heute Nacht etwas eingefallen, wie wir Alejandro retten können?«

Die anderen wechselten ratlose, etwas betretene Blicke. Nein, es sah nicht so aus, als hätte jemand von ihnen eine Idee. Aber wenn ihnen ebenso das Lied der *Llorona* in den Ohren klang, dachte Marja, war das auch kein Wunder. Sie jedenfalls fühlte sich nicht imstande, auch nur einen klaren Gedanken zu fassen.

In diesem Moment jedoch ergriff ganz unerwartet Javier das Wort. »Ich …«, begann er schüchtern und sah seinen großen Bruder Zustimmung heischend an. Diego nickte ihm aufmunternd zu und Javier atmete angestrengt ein. »Vielleicht sollten wir uns zuallererst ein neues Versteck suchen«, fuhr er fort. »Ich meine, es kann doch sein, dass die Hexe Alejandro jetzt Befehle geben kann. Und dann kann sie ihm auch sagen, dass er sie zu uns zu führen soll, oder? Er kennt ja den Weg.«

Etliche Sekunden lang sagte niemand etwas. Seine Worte, so unsicher sie auch klangen, legten sich wie ein düsterer Schatten über die kleine Gruppe.

»Verdammt, du hast recht!«, stieß Víbora schließlich hervor und klappte mit einer ruckartigen Bewegung die Klinge ihres Springmessers zu und wieder auf und wieder zu, immer wieder, bis sie es schließlich gereizt in die Ecke pfefferte. »Daran hab ich noch gar nicht gedacht!«

Carina lächelte Javier zu, aber es sah nicht im Geringsten fröhlich aus. »Gut mitgedacht«, lobte sie. »Darüber sollten wir uns wirklich Gedanken machen. Wenn sie noch mehr von uns erwischt, ist nichts gewonnen.«

Javier schaffte es nicht, das Lächeln zu erwidern. Es gefiel ihm offenbar gar nicht, recht zu haben.

»Aber wo finden wir auf die Schnelle einen sicheren Ort, den Alejandro nicht kennt?«, fragte Thais leise. »Er kennt die Stadt am besten von uns allen. Und er kennt *uns*. Er weiß, wie wir denken.«

»Ja«, schnaufte Víbora. »Man kann wirklich nur hoffen, dass das Lied ihn zu einem hirnlosen Zombie gemacht hat.«

»Ví!«, zischte Carina vorwurfsvoll.

Víbora knurrte. Aber als sie den Kopf zur Seite drehte, sah Marja in ihren Augen Tränen glitzern. »Ist doch wahr«, murmelte sie heiser.

Carina sah zu Marja. »Was ist mit dir?«, fragte sie. »Jetzt wo du weißt, wo deine Eltern sind – gehst du nach Hause? Oder hilfst du uns? Denn wenn nicht … dann gehst du besser gleich.« Sie lächelte schief, als wollte sie um Entschuldigung für die groben Worte bitten. »Was du nicht weißt, kannst du auch nicht verraten, verstehst du?«

Obwohl Carina es sicher nicht böse gemeint hatte, traf sie Marja mit ihrer Frage wie mit einem Schlag in den Bauch. Denn mit einem Mal wurde ihr eiskalt bewusst, dass sie zusammen mit Alejandro auch das Wissen, wo ihre Familie sich aufhielt, in Amaias Taverne zurückgelassen hatte. Es war alles umsonst gewesen! Marja begann zu zittern.

»Marja?« Carina musterte sie besorgt. »Ist alles in Ordnung?«

Marja schüttelte den Kopf und Tränen stiegen ihr in die Augen. »Ich ... weiß gar nicht, wo meine Eltern sind.« Es war schwer, diese Wahrheit auszusprechen, und mehrmals versagte ihr die Stimme dabei. »Ich kann nicht gehen. Nicht ohne Alejandro.« Als Carina sie verwirrt ansah, fügte sie hinzu: »Ich habe im Spiegel das Hotel gesehen, in dem sie übernachten, aber ich weiß nicht, wie es heißt, und erst recht nicht, wo es ist. Ohne Alejandro bin ich genauso schlau wie vorher.«

Carina wechselte einen Blick mit Diego, Thais und Víbora, die plötzlich allesamt sehr betroffen aussahen. Dann schenkte sie ihr ein verständnisvolles und zugleich trauriges Lächeln. »Tja ... dann ist es ja wohl klar.« Sie seufzte. »Du bist jetzt eine Nachtwächterin, Marja. Willkommen bei uns.«

Marja versuchte, das Lächeln tapfer zu erwidern, obwohl sie am liebsten geheult hätte. Es war lieb von Carina, sie zu einem offiziellen Mitglied der kleinen Gemeinschaft zu erklären. Aber nach allem, was sie inzwischen wusste, waren die Nachtwächter ausnahmslos Kinder, die kein Zuhause mehr hatten. Ausreißer, Waisenkinder, die aus dem Heim geflohen oder auf andere Art vom Weg abgekommen waren. Sonst hätte Amaias Lied ja auch gar keine Wirkung auf sie haben können. Und so gern Marja die Nachtwächter von Poblenou und ihre Gruft inzwischen auch mochte – sie wollte so nicht leben. Sie wollte nicht für immer eine von ihnen sein. Sie hatte noch eine Familie und sie wollte zu ihr zurück!

Aber was das betraf, lief ihr über kurz oder lang die Zeit davon, das war Marja nur zu klar. Spätestens, wenn in Deutschland die Sommerferien zu Ende gingen, musste Paulina doch in die Schule. Und ihre Eltern konnten wohl nicht ewig hierbleiben und nach ihr suchen ... Bei dem Gedanken konnte Marja die Tränen nicht länger zurückhalten, und sie stand abrupt auf, damit die anderen nichts davon mitbekamen. Eine Heulsuse konnten sie in dieser Situation wohl am allerwenigsten gebrauchen.

»Ich geh kurz an die frische Luft«, brachte sie hervor. »Ich bin gleich zurück, okay?«

Carina nickte und Thais lächelte mitfühlend. »Soll ich mitkommen?«

Marja schüttelte den Kopf. »Schon gut. Ich komm klar.«

»Pass bloß auf, dass dich keiner sieht«, sagte Víbora aus ihrer Ecke. »Donnerstags kommt immer der Gärtner, der jagt dich mit dem Stock vom Gelände, wenn er dich erwischt.«

Aber Marja kümmerte sich nicht um ihren patzigen Tonfall. Sie wollte in diesem Moment nur noch eins: raus aus der Gruft. Und mit diesem Gedanken hastete sie die alte Steintreppe hinauf, dem Tageslicht entgegen.

Draußen empfing sie die gleiche brüllende Hitze wie schon am Vortag. Die bewegungslose, stickige Luft schlug Marja wie eine Faust mitten ins Gesicht. Trotzdem war sie erleichtert, denn im Gewölbe war es zwar kühler gewesen, aber es roch dort unten so nach Angst und schlechtem Schlaf, dass es kaum auszuhalten war. Dagegen ließ es sich hier draußen richtig frei durchatmen.

Marja schloss das Gitter hinter sich und machte ein paar unschlüssige Schritte in irgendeine Richtung. Jetzt wo sie draußen war, wusste sie gar nicht so recht, wo sie hingehen sollte. Kurzerhand entschied sie sich schließlich für den Stamm einer hochgewachsenen Zypresse, die zwischen einigen dichten Sträuchern stand. Sie gab nur einen schmalen Streifen Schatten, aber der genügte Marja. Von dort hatte sie einen ganz guten Überblick über die Umgebung, ohne selbst allzu schnell entdeckt zu werden – falls der Gärtner, von dem Víbora gesprochen hatte, hier vorbeikam. Dort würde sie in Ruhe ein bisschen nachdenken können, ohne das Atmen, Schnaufen, Schnarchen und Murmeln anderer Kinder. Zu dumm nur, dass sie nicht auch Amaias Lied einfach in der Gruft zurücklassen konnte.

Marja hockte sich auf den gelben staubigen Boden in den spärlichen Schatten der Zypresse und schlang die Arme um die Knie. Der Friedhof lag still und verlassen unter der flirrenden Mittagssonne. Nichts rührte sich, nicht einmal die Zikaden zirpten. Marja fühlte sich schon etwas besser oder doch zumindest nicht mehr ganz so elend wie noch Minuten zuvor. Aber dass sie hier draußen wieder besser Luft bekam, änderte gar nichts daran, dass sie keine Ahnung hatte, wie sie Alejandro und damit auch sich selbst helfen konnte. Sie wusste viel zu wenig über Amaia und ihren Zauber, um sich einen brauchbaren Plan auszudenken. Vor allem nicht, solange diese verflixte Melodie wie eine lästige Fliege in ihrem Kopf herumschwirrte und schmerzhaft gegen ihre Stirn drückte. Wirklich, dachte Marja gereizt, dagegen musste sie als Allererstes etwas unternehmen. Irgendwie musste dieses Lied doch zum Schweigen zu bringen sein, ob nun verzaubert oder nicht! Das alte weiße Klavier, das im Wohnzimmer ihrer Eltern stand, kam ihr in den Sinn. Marja hatte das Instrument schon immer geliebt, ob sie nun darauf herumklimperte oder sich oben auf dem Kasten eine

Burg aus Sofakissen baute und sich dort verkroch, um ein Buch zu lesen. Seit ein paar Jahren hatte sie auch Klavierunterricht an einer Musikschule, den sie allerdings nach wie vor ziemlich langweilig fand. Sie ging nur hin, weil ihre Eltern gedroht hatten, das Klavier zu verkaufen, wenn sie nicht vernünftig darauf spielen lernte.

Aber vor allem war das Klavier in Marjas Augen für eines unbezahlbar: Wann immer sie nämlich einen Ohrwurm hatte, ein Lied sie einfach nicht losließ und ihr unaufhörlich in den Ohren klang, drückte sie so lange auf den Tasten herum, bis sie herausgefunden hatte, wie die Melodie sich spielen ließ. Und dann drehte sie das Lied um. Sie lernte die Tastenfolge auswendig und spielte sie in umgekehrter Reihenfolge, sodass eine neue Melodie entstand, die sie singen oder summen konnte, wann immer das betreffende Lied sie wieder belästigte. Das funktionierte normalerweise bestens. Und konnte sie das nicht auch irgendwie mit Amaias Lied schaffen? Natürlich hatte sie hier auf dem Friedhof kein Klavier. Aber sie hatte das schon so oft gemacht, da musste es doch eigentlich auch ohne gehen.

Marja kniff die Augen zusammen und versuchte, sich auf die Tonfolge von Amaias Lied zu konzentrieren. Das war aber gar nicht so einfach, weil die magische Melodie nun natürlich erst recht nicht aufhörte, immer lauter und lauter in ihrem Kopf zu dudeln. Den letzten Ton bekam sie gerade so zu fassen und den vorletzten auch. Aber danach wurde es wirklich teuflisch schwer. Sie musste es irgendwie aufschreiben. Vielleicht gab es unten in der Gruft Papier und einen Stift? Aber eigentlich wollte sie noch nicht dorthin zurück …

Marja öffnete die Augen wieder und sah sich um. Hinter sich, gerade noch in Reichweite ihres Arms, entdeckte sie einen dünnen Stock, der sich vielleicht notdürftig als Stift benutzen ließ. Sie streckte sich und fischte den Zweig aus dem vertrockneten Gebüsch unter der Zypresse. Dann setzte sie die Spitze in den braungelben Staub vor ihren nackten Füßen und lauschte noch einmal auf die Melodie. Und als das Lied in ihrem Kopf wieder einmal von vorn begann, hörte Marja genau hin und malte langsam eine Linie auf den Boden, die der Melodie folgte. Nach oben für hohe Töne, nach unten, wenn die Töne wieder tiefer wurden.

Schon bald war sie ganz darin vertieft, die Linie auszubessern und sie immer wieder zum Klang des Liedes in ihrem Kopf nachzuzeichnen – hier eine Spitze noch weiter nach oben und hier einen Schwung weiter nach unten und dieser Ton war doch länger …

Je mehr sie daran arbeitete, desto ruhiger wurde sie und desto leichter fiel es ihr, zumindest einen ersten Teil der Melodie rückwärts vor sich hin zu summen. Und kurz darauf spürte sie förmlich, wie der Druck hinter ihrer Stirn nachließ und das verzauberte Lied sich ein kleines Stück zurückzog, als sei es verwirrt und irritiert von dieser neuen Tonfolge, die ihm da entgegengesetzt wurde.

Und in diesem Moment begriff Marja, dass genau das, was sie da gerade tat, vielleicht die Lösung für alles sein konnte. Wenn sie es schafften, das ganze Lied umzudrehen, und wenn sie dann alle gemeinsam das neue Lied sangen, dann …

Aufgeregt sprang sie auf, noch bevor sie den Gedanken ganz zu Ende gedacht hatte. Sie achtete nicht mal darauf, dass sie versehentlich auf die Linie trat, die sie so mühevoll gezeichnet hatte. Sie musste den anderen davon erzählen, jetzt gleich!

Marja nahm sich kaum Zeit, sich noch einmal umzuschauen, ob irgendjemand sie beobachtete, ehe sie das Gitter vor dem Eingang zur Gruft löste, und sie musste sich zwingen, es wieder ordentlich mit den Holzkeilen zu verschließen. Aber dann gab es kein Halten mehr.

»Carina!«, rief sie noch im Laufen. »Diego, Víbora! Ich hab's! Ich hab eine Idee!«

Unten in der Gruft saßen die anderen noch immer mit düsteren Gesichtern beisammen. Es machte nicht den Eindruck, als wären sie mit ihrem Kriegsrat besonders weit gekommen. Doch als Marja in den Raum stürmte, sahen sie erschrocken auf, als erwarteten sie, gleich mit der nächsten schlechten Neuigkeit konfrontiert zu werden.

»Was?«, fragte Carina, als hätte sie Marjas wilde Rufe gar nicht verstanden. »Was hast du, Marja?«

»Wir können ihr Lied umkehren, dann wird es wirkungslos!«, stieß Marja atemlos hervor, noch ganz aufgeregt von der unglaublichen Möglichkeit, die ihnen diese Idee vielleicht eröffnete.

»Wie meinst du das?« Víbora sah sie zweifelnd an. »Das Lied umdrehen? Wie soll das denn gehen?«

Diego und Thais wechselten einen verständnislosen Blick und auch Carina wirkte skeptisch. »Ich verstehe nicht ganz, was du meinst, glaube ich.«

Marja atmete tief durch. Sie musste sich beruhigen, sonst würde sie es nie erklären können. Sie verstand es schließlich selbst noch nicht so ganz, aber sie spürte einfach, dass sie recht hatte.

»Die Melodie von Amaias Lied«, fing sie noch einmal an und bemühte sich, ruhig zu bleiben. »Wenn wir sie umdrehen und die Töne in der umgekehrten Reihenfolge singen, wirkt sie nicht mehr. Ich habe es gerade ausprobiert, es funktioniert wirklich!«

Erwartungsvoll sah sie von einem zum anderen. Doch noch immer blickte sie nur in verwirrte Gesichter. Marja seufzte.

»Kommt mit«, sagte sie und wandte sich wieder zur Treppe um. »Ich zeige es euch.«

Und obwohl die Nachtwächter von Poblenou noch immer nicht ganz überzeugt schienen, dass Marja sich dort draußen nicht einfach bloß einen Sonnenstich eingefangen hatte, folgten sie ihr.

Kurz darauf hockten sie alle bei der Zypresse und betrachteten Marjas halb verwischte Linie, die Amaias Lied darstellen sollte.

»Hier. Das ist die Melodie«, erklärte Marja und fuhr mit dem Finger die Linie entlang, im Takt der Musik in ihrem Kopf, die sich inzwischen von der Verwirrung durch die neue Melodie erholt hatte und wieder fast so hartnäckig war wie zuvor. Das verzauberte Lied laut zu singen oder auch nur zu summen, traute sie sich nicht. Aber das war auch nicht nötig. Keins der anderen Kinder schien dieses Mal auch nur noch die geringsten Probleme zu haben, ihr zu folgen.

»Und dann«, fuhr Marja schließlich fort, als sie sicher war, dass alle verstanden hatten, was sie zeigen wollte, »versucht man, die Melodie umzudrehen. So.« Sie summte den Anfang der umgekehrten Tonfolge, an den sie sich noch erinnerte, und fuhr dabei die Linie rückwärts entlang. Dann sah sie die anderen erwartungsvoll an. »Ich komme nur bis zum dritten oder vierten Ton, dann bringt mich das echte Lied immer durcheinander. Aber ich glaube, zusammen schaffen wir es vielleicht. Wenn sich jeder auf einen kleinen Teil der Melodie konzentriert, können wir die Stücke später zusammensetzen. Na, was meint ihr?«

Carina starrte fasziniert auf die Linie im Staub. Probehalber summte sie ebenfalls die drei Töne, die Marja zuvor angestimmt hatte, und lauschte dann einige Sekunden lang in sich hinein.

»Ja, es funktioniert ... es funktioniert wirklich«, flüsterte sie dann beeindruckt. »Mensch, Marja, du bist ein Genie!«

Víbora zischte leise. »Ich merke nichts«, erklärte sie schroff. »Seid ihr sicher, dass ihr euch das nicht bloß einbildet?«

Thais schüttelte den Kopf. »Nein, ich spüre es auch.«

»Ich auch!«, riefen Nin und Javier gleichzeitig und begannen bereits, das verdrehte Ende wieder und wieder vor sich hin zu pfeifen. Und auch Diego nickte mit nachdenklicher Miene.

Nur Víbora schnaufte. Sie wusste, wann sie überstimmt war, auch wenn man ihr ansah, wie wenig ihr das gefiel. »Schön, meinetwegen. Aber selbst wenn – was soll uns das bringen?« Sie sah zu Carina, und ihre Augen weiteten sich, als sie deren Gedanken erriet. »Das ist nicht dein Ernst! Du denkst wirklich, dass es auch bei den Verlorenen Kindern funktioniert?!«

Carina zuckte trotzig mit den Schultern. »Es ist einen Versuch wert. Vielleicht kriegen wir so wenigstens Alejandro zurück, er ist ja noch nicht lange bei der Hexe.« Thais, Diego, Nin und Javier nickten zustimmend, und Carina reckte herausfordernd das Kinn, um Víbora anzufunkeln. »Oder hast du etwa eine bessere Idee?«

Víbora verschränkte die Arme vor der Brust und schwieg. Nein, sie hatte keine bessere Idee, vermutlich hatte sie sogar überhaupt keine Idee.

»Es ist doch besser als nichts«, versuchte Marja zu schlichten, ehe es noch einmal zum Streit zwischen den beiden Mädchen kam. »Und als Allererstes müssten wir sowieso die ganze Melodie umkehren. Das ist gar nicht so leicht, glaube ich. Wer weiß, vielleicht kriegen wir das überhaupt nicht hin.«

»Pah!«, schnaufte Víbora, jetzt ernsthaft beleidigt. »Natürlich kriegen wir das hin! Hältst du uns für blöd?«

Marja unterdrückte ein Seufzen. Mit Víbora zu verhandeln, war wirklich nicht einfach. Aber wenn man sie erst bei ihrem Stolz packen musste, damit sie mithalf, dann sollte es eben so sein.

»Weiß nicht«, sagte sie daher und zuckte die Schultern. »Es ist ziemlich schwierig. Aber ja, wenn man nicht ganz dämlich ist, könnte es zu schaffen sein.«

»Nicht ganz dämlich«, knurrte Víbora und setzte sich demonstrativ direkt neben Marja vor die Linie im Staub, um sie eingehend zu studieren. »Du wirst schon sehen! Zeig her!«

Über ihren Kopf mit den vielen dünnen Zöpfen hinweg fing Marja Diegos Blick auf. Er lächelte, schmal und still, und nickte ihr kurz zu.

Und da wusste Marja, sie hatte einmal, wenigstens dieses eine Mal, alles richtig gemacht.

Zu den Waffen!

Der Rest des Tages war für Marja und die Nachtwächter mehr als anstrengend. In einem zweiten, eilig abgehaltenen Kriegsrat entschieden sie, dass es zu gefährlich war, sich noch einmal in die Nähe von Amaias Taverne zu wagen – ob sie nun das verdrehte Lied als Waffe zur Verfügung hatten oder nicht. Schließlich wussten sie noch nicht einmal mit Sicherheit, dass ihr Plan überhaupt funktionieren würde. Die Gassen des *Barrio Gótico* waren Amaias Revier, und darüber hinaus war nicht einmal klar, ob sie Alejandro auch nur zu Gesicht bekommen würden, wenn Amaia erst einmal bemerkte, dass sie kamen, um ihn zu befreien. Und *dass* sie sie bemerkte, damit mussten sie bei einem Ausflug in die Taverne auf jeden Fall rechnen, Schutzzeichen hin oder her. Nein, das war einfach zu riskant, darin waren sich ausnahmsweise einmal alle einig.

Stattdessen, so hatten sie daraufhin beschlossen, würden sie sich erst einmal doch kein neues Versteck suchen. Im Gegenteil. Sie würden auf dem Friedhof bleiben und darauf zählen, dass Amaia mitsamt Alejandro schon irgendwann bei ihnen auftauchen würde. Denn der Friedhof wiederum war das Revier der Nachtwächter, von dem sie jeden Winkel kannten, jeden Grabstein, jeden Baum und Strauch und jede streunende Katze. Nirgendwo sonst hatten sie bessere Chancen, die weinende Dame auszutricksen, und nirgendwo sonst war es leichter, ihr zu entkommen, falls es doch schiefging. Es war das perfekte Schlachtfeld für ihren waghalsigen Versuch, Amaia zu besiegen und mindestens Alejandro zu befreien – wenn möglich, sogar noch ein paar Kinder mehr.

Natürlich wusste niemand genau, wann dieser Kampf nun stattfinden würde. Es war gut möglich, dass die *Llorona* und ihre Sänger schon an diesem Abend auf dem Friedhof auftauchten. Vielleicht wollte Amaia die Nachtwächter aber auch noch eine Weile zappeln lassen, um sie zu verunsichern und so leichteres Spiel zu haben. Aber davor hatten Marja und die anderen Kinder keine Angst. Das Einzige, was sie fürchteten, war, vielleicht nicht rechtzeitig mit ihren Vorbereitungen fertig zu sein.

Nachdem sie schließlich einen groben Plan aufgestellt hatten, begannen sie deshalb sofort damit, fieberhaft an der Umsetzung von Marjas Idee zu arbeiten.

Zuerst durchstöberten sie gemeinsam die Gruft nach Schreibwerkzeug. Papiertüten, Servietten, sogar ein altes Malbuch und etliche Werbekugelschreiber, von denen die meisten nicht mehr besonders gut schrieben, kamen aus dem Haufen der vielen kleinen Schätze zum Vorschein, die die Nachtwächter über die Monate in ihrem Versteck angesammelt hatten. Sie trugen alles bei der Zypresse zusammen und teilten die Stifte und Papierfetzen untereinander auf.

»Na schön, das hätten wir«, stellte Carina schließlich fest, als jeder zumindest notdürftig mit Schreibmaterial versorgt war. »Dann würde ich sagen, arbeiten wir in Zweierteams, damit wir uns gegenseitig kontrollieren können. Und wir teilen uns so auf, dass immer ein guter Sänger und ein nicht so guter zusammen sind. Einverstanden?«

Alle nickten. Das klang vernünftig, dagegen konnte niemand etwas sagen.

»Gut.« Carina stand auf. »Also Ví, dann gehst du mit Diego.«

Víbora runzelte die Stirn. »Wieso …«, setzte sie an, verstummte aber, als Diego ihr eine Hand auf die Schulter legte.

Carina zuckte mit den Schultern. »Du hast ein gutes Gehör und eine sehr schöne Singstimme, das weißt du ganz genau. Und Diego spricht die meiste Zeit ja nicht mal.«

Dagegen wusste Víbora nichts zu sagen. Wahrscheinlich ahnte sie, dass Carina sie vor allem deshalb mit Diego zusammengesteckt hatte, weil der sie am besten im Griff hatte. Aber sie wusste auch, dass sie sich selbst lächerlich machte, wenn sie auf so vernünftige Erklärungen mit Streit reagierte. Marja grinste innerlich, als sie Carinas Schachzug durchschaute.

Da von Víbora kein weiterer Protest zu erwarten war, teilte Carina noch rasch den Rest der Gruppe ein. Sie selbst wollte mit Thais gehen. Javier und Nin allerdings, die beiden Jüngsten, sollten sich zu ihrem eigenen Schutz besser nicht so intensiv mit dem Lied beschäftigen.

»Aber ich will auch helfen!« Der aufgeregte Einwurf kam von Javier. Und auch Nin, der den Planungen bisher gespannt gelauscht hatte, sah Carina bestürzt an.

»Ja, wir wollen helfen! Nie dürfen wir mitmachen!« Sein Gesicht war ganz rot vor Wut und Enttäuschung.

»Hey, ihr braucht euch gar nicht so aufzuregen. So war das nämlich nicht gemeint.« Carina lächelte beschwichtigend. Aber Marja konnte sehen, dass sie insgeheim gerade fieberhaft nachdachte, wie sie die beiden versöhnlich stimmen konnte. »Natürlich werdet ihr helfen. Nur eben nicht, indem ihr an dem Lied arbeitet.«

»Seid doch nicht dumm«, fuhr Víbora in ihrer gewohnt groben Art dazwischen. »Es ist doch wohl klar, dass wir auch Wachen an der Mauer brauchen. Wer soll uns denn sonst warnen, wenn die Hexe auftaucht?«

Carina warf ihrer Rivalin einen dankbaren Blick zu. »Ja, genau«, bekräftigte sie erleichtert. »Wir brauchen auf jeden Fall ganz dringend zwei Wachposten. Und schneller als du kann uns wohl kaum jemand warnen, oder, Javier?«

Obwohl er noch immer skeptisch aussah, leuchtete nun doch der Stolz in Javiers Augen auf. »Hmm ... Ihr habt recht. Na schön, dann mache ich am besten sofort einen Patrouillen-Plan«, erklärte er mit wichtiger Miene und schnappte sich Zettel und Stift. »Komm, Nin!«

Nin, der auch schon wieder viel glücklicher aussah, sprang gehorsam auf, und die beiden verschwanden in Richtung Friedhofsmauer.

Carina atmete hörbar auf. »Puh, das hätten wir also«, sagte sie und breitete die Hände aus. »Dann fangen wir wohl auch am besten gleich an, oder?«

Thais, Marja und Diego nickten zustimmend.

Víbora aber schien noch nicht so ganz zufrieden. »Einen Moment noch«, warf sie ein. »Was bitte schön macht denn eigentlich die Neue? Darüber haben wir noch gar nicht gesprochen.« Sie musterte Marja abschätzig.

Marja presste kurz die Lippen zusammen. Es war offensichtlich, dass Víbora ihr die Schuld daran gab, dass Alejandro gefangen worden war. Aber auch wenn Marja selbst noch immer Gewissensbisse hatte, weil sie es nicht hatte verhindern können, bedeutete das noch lange nicht, dass sie sich mobben lassen wollte. Von einer, die es nötig hatte, sich schwarze Augenränder zu malen, um stark auszusehen, schon einmal gar nicht.

»Es gibt keinen Grund, mich so blöd anzumachen«, antwortete sie gereizt. »Ich hab die schwierigste Aufgabe von euch allen, also sei bloß ruhig!«

Víbora hob spöttisch die Brauen. »Die schwierigste Aufgabe? Ja, klar. Was denn? In der Sonne liegen und schlafen?«

»Quatsch!« Marja schüttelte ärgerlich den Kopf.

»Marja setzt die Melodiestücke, die wir austüfteln, zusammen und merkt sich das komplette Lied«, sprang Carina ihr bei. »Außerdem gibt sie uns vor, welches das nächste Teilstück ist, das wir umdrehen sollen. Also, ich finde schon, dass das eine echt schwere Aufgabe ist. Ich würd's jedenfalls nicht hinkriegen. Du etwa?«

Víbora runzelte finster die Stirn. »War ja klar, dass ihr beide euch schon abgesprochen habt«, murmelte sie. Dann sprang sie auf und machte ein verächtliches Geräusch. »Komm, Diego. Bringen wir diesen Mist hinter uns.«

Wie gewöhnlich gab Diego keine Antwort, sondern zuckte nur die Schultern. Doch Marja sah das kleine Schmunzeln auf seinen Lippen. *Überlass sie mir,* gab er ihr damit zu verstehen, und Marja war dankbar dafür.

»Und dass ihr's nur wisst«, sagte Víbora noch, ehe sie und Diego sich in Richtung der Mauern mit den Grabnischen im vorderen Teil des Friedhofs verzogen. »Wir fangen ganz hinten an, direkt nach dem, was

Marja vorgelegt hat. Vier Töne. Den Rest könnt ihr ja unter euch ausmachen.« Damit wandte sie sich endgültig ab und zog Diego mit sich.

Carina sah ihnen noch einige Sekunden mit finster gesenkten Brauen nach. »Hoffentlich kriegt ihr das auch wirklich allein hin«, knurrte sie, mehr zu sich selbst.

Auch Marja sah Víbora nach und versuchte, den Ärger über den ungerechten Angriff hinunterzuschlucken. Aber ganz gelang es ihr nicht. »Was hat sie bloß immer?«, fragte sie ratlos – und klang beleidigter, als sie es beabsichtigt hatte.

Carina verdrehte die Augen. »Ví ist anders als wir alle. Schon immer gewesen.« Damit war das Thema offenbar für sie erledigt und sie wandte sich an Thais. »Wir sollten uns auch einen ruhigen Platz suchen. Irgendwo, wo wir ungestört singen und summen können.« Sie sah zu Marja. »Wenn Ví und Diego also den vorletzten Part übernehmen, welchen bearbeiten wir dann?«

Marja sah auf ihre Staubzeichnung und konzentrierte sich.

»Den hier«, sagte sie schließlich und deutete auf ein paar Punkte ziemlich weit hinten. Sie summte die entsprechenden Noten einige Male hintereinander, damit Carina und Thais sie sich gut einprägen konnten – und auch, um selbst ganz sicher zu sein. Beim fünften Mal stimmten Carina und Thais mit ein und wiederholten es dann selbst noch ein paarmal, bis sie es ganz bestimmt nicht mehr vergessen würden.

»Alles klar.« Carina grinste zufrieden. »Wir sehen uns gleich. Halt die Ohren steif, ja?«

Marja nickte. »Na klar. Viel Erfolg!«

Thais lächelte. »Den werden wir haben, verlass dich drauf.«

Dann waren auch sie und Carina verschwunden und Marja blieb allein mit der Linie und dem Lied zurück.

Die Nacht kommt schnell

Marja saß noch eine ganze Weile auf ihrem Platz unter der Zypresse, deren Schatten allerdings schon ein gutes Stück weitergewandert war. Trotzdem blieb Marja, wo sie war, um die Linie zu Amaias Melodie, die sie so akribisch angefertigt hatte, aus dem Staub in einen alten Collegeblock zu übertragen, ehe sie ganz verwischte. Carina hatte ihr den Kugelschreiber gegeben, der am besten schrieb, und dazu einen alten Block, der nur noch ein paar Seiten hatte und dazu noch ziemlich verknickt und schmuddelig war. Aber es war das beste Papier, das sie hatten, und deswegen bekam es Marja. Der Schwierigkeit der Aufgabe angemessen, wie Carina betont hatte.

Marja indes war sich nicht sicher, ob ihr die große Verantwortung gefiel, die auf ihr lastete. Aber da musste sie jetzt wohl durch, schließlich war es ihre

Idee gewesen. Es war nur so furchtbar, hier zu sitzen und nichts tun zu können, während die anderen sich schon auf ihre Aufgabe stürzten.

Schließlich entschied sie sich doch, sich einen Platz im Schatten zu suchen, ehe ihr Gehirn völlig gekocht wurde. Die Haut an ihren Schultern war bereits leuchtend rot und das Gesicht konnte nicht viel besser aussehen – im Gegenteil. Die Wangen und der Nasenrücken juckten und spannten, dass Marja es kaum wagte, sie auch nur zu berühren. Sie musste sich einen mordsmäßigen Sonnenbrand geholt haben. Aber die Nachtwächter nach Sonnencreme zu fragen, wäre vermutlich sinnlos. Also kauerte sich Marja nur wenige Schritte hinter dem Eingang zur Gruft unter einen Strauch, der wenigstens ein wenig dürren Schatten spendete.

Dort saß sie so lange, bis nach einer gefühlten Ewigkeit Diego und Víbora zwischen den Grabsteinen auftauchten. Marja war inzwischen durch die Warterei so mürbe, dass sie ihnen am liebsten um den Hals gefallen wäre, und sei es auch nur, weil der Schatten, den die beiden auf sie warfen, so schön dunkel und kühl war. Andererseits war Víbora eigentlich die letzte Person auf der Welt, die Marja umarmen wollte. Und Diego mochte sie zwar, aber der war nicht der Typ, den man einfach so umarmte. Also blieb sie sitzen und sah erwartungsvoll zu den beiden auf.

Víbora grinste schief und hielt ihren bekritzelten Papierfetzen hoch. »Der Anfang ist geschafft«, erklärte sie triumphierend. »Wird Zeit, dass du dich auch endlich mal nützlich machst.«

Und Marja machte sich nützlich – den ganzen restlichen Nachmittag lang. Es war eine nervenaufreibende Arbeit, viel schlimmer noch, als sie es sich vorgestellt hatte. Niemals hätte sie damit gerechnet, dass Amaias Melodie sich so sehr dagegen wehren würde, ins Gegenteil verkehrt zu werden. Für jedes kleine Stück des neuen Liedes brauchte Marja mehr als eine halbe Stunde, bis sie es ganz verinnerlicht hatte und an die schon bestehenden Töne anhängen konnte. Denn die musste sie sich ja auch noch merken, mit nichts als ihrer selbst gezeichneten Linie als Gedächtnisstütze. Bald schon schwitzte sie mehr von der Anstrengung, ihre Gedanken beisammenzuhalten, als von der Hitze.

Die Spätnachmittagssonne sank bereits auf die Friedhofsmauern zu, als sie endlich fertig waren. Diego hatte Nin und Javier von ihrer Wachpatrouille zurückgeholt und nun hockten sie zu siebt im Kreis. In der Mitte lag Marjas Collegeblock mit der Linie der Melodie, die ihre Waffe gegen Amaias Zauber sein sollte.

»Das ist sie also.« Carina klang geradezu ehrfürchtig.

Marja nickte. Ihr schwirrte der Kopf und sie war völlig erschöpft. Aber hinter ihrer Stirn war nicht mehr das leiseste Echo von Amaias Lied zu hören. »Ja, das ist sie. Ich singe sie euch vor.«

Die Nachtwächter von Poblenou nickten zustimmend. Sie wurden ganz still, die Gesichter angespannt und erwartungsvoll. Sogar Víbora gab keinen Mucks von sich. Hatte die Arbeit sich gelohnt? Würde es funktionieren und Amaias Lied aus ihren Köpfen vertreiben? Nur dann, das wussten sie alle, durften sie sich ernsthafte Hoffnungen machen, mit ihrem Gegenzauber auch Alejandro befreien zu können. Marja kam es vor, als lauschten nun sogar die Bäume, die Engel und Heiligenstatuen auf den Gräbern und die Katzen im Gebüsch. Ihr Hals fühlte sich mit einem Mal staubtrocken an. Jetzt durfte sie keinen Fehler machen. Wenn sie die Melodie falsch vorsang, funktionierte sie am Ende nicht so gut, oder noch schlimmer, vielleicht funktionierte sie gar nicht …

Die ersten Töne kratzten ihr unangenehm in der Kehle, ganz dünn und zittrig und gar nicht so, als ob irgendwie ein Lied daraus werden könnte. Aber Marja gab nicht auf. Sie schloss die Augen und sang einfach weiter. Als sie am Ende angelangt war, begann sie gleich wieder von vorn. Beim zweiten Mal ging es schon sehr viel besser, und beim dritten Durchgang fühlte Marja sich fast sicher genug, die Augen wieder zu öffnen. Das Lied selbst mit seiner ungewöhnlichen Tonfolge gab ihr mehr und mehr Kraft, je länger sie sang, und umso lauter und fester klang auch ihre Stimme.

Und als sie das Lied schließlich zum vierten Mal anstimmte, sang sie nicht mehr allein. Eine zweite Stimme fiel ein, und als Marja nun doch die Augen öffnete, erkannte sie, dass es Carina war. Marja musste unwillkürlich lächeln.

Nun, wo der Anfang gemacht war, dauerte es nicht mehr lang, bis auch die anderen einstimmten. Gemeinsam ließen sie ihr Lied in den klaren blauen Sommerhimmel steigen, immer und immer wieder, bis sie das eigentliche Zauberlied – Amaias Lied – tatsächlich beinahe vergessen hatten. Und als sie schließlich wieder still wurden, hing die Melodie noch immer zwischen ihnen, zusammen mit dem unsagbar befreienden Gefühl, etwas wirklich Großes geschafft zu haben. Sie hatten alles richtig gemacht, das spürten sie deutlich, und wenn ihr Gesang auch nicht perfekt war, gemeinsam konnten sie sicher etwas erreichen, wenn die *Llorona* mit ihren Sängerkindern hier auftauchte.

Nin war der Erste, der wieder etwas sagte. Seine Augen strahlten, dass sein ganzes Gesicht dabei aufleuchtete. »Das war schööön!«, schwärmte er, breitete die Arme aus und flatterte damit wie ein Vogel. »Ich bin plötzlich ganz leicht, ich glaube, ich fliege gleich!«

Marja musste lachen und auch die anderen konnten nicht anders, als mitzulachen. Es tat gut, nach der ganzen Anstrengung einfach mal fröhlich zu sein. Außerdem hatte Nin recht: Das gemeinsame Singen hatte sich wirklich ein bisschen wie Fliegen angefühlt.

Schließlich räusperte sich Carina. »Das Lied könnte

eine echte Waffe gegen Amaia und ihren Chor sein. Aber jetzt sollten wir uns wirklich darum kümmern, dass immer jemand Wache hält«, mahnte sie. »Wir hatten Glück, dass Amaia bisher nicht aufgetaucht ist, aber es kann jeden Moment so weit sein. Ich schlage vor, wir bleiben einfach in den Teams von heute Nachmittag.«

»Wieso?«, warf Víbora ein. »Genauso gut könnten wir beide zusammen gehen.«

Carina seufzte gereizt. »Meinetwegen auch so, soll mir recht sein. Also, jeder übernimmt eine Seite des Friedhofs, bis das Käuzchen ruft. Dann kommen beide sofort zurück und das nächste Team ist dran. Oh, und Marja, du springst für Nin ein und bildest ein Team mit Javier. Allein Wache zu halten, ist für ihn einfach noch zu gefährlich.«

Einstimmiges Nicken war die Antwort. Nicht einmal Víbora schien jetzt, wo sie ihren Willen bekommen hatte, noch zu Streit aufgelegt. Und auch Nin beschwerte sich wider Erwarten nicht darüber, dass er bei der Wache nicht mitmachen durfte. Im Gegenteil – der beflügelnde Gesang hatte ihm nur kurz über die Müdigkeit hinweggeholfen, die ihm die Augenlider schwer werden ließ. Den ganzen Tag über aufgeregt nach Amaia Ausschau zu halten, musste sehr anstrengend für ihn gewesen sein, und jetzt war er, an Thais gekuschelt, bereits in einen leichten Dämmerschlaf gefallen.

»Gut.« Carina schien sehr erleichtert, dass sie über

ihren Vorschlag nicht auch noch diskutieren musste. »Ví und ich fangen an. Ihr anderen geht runter in die Gruft und ruht euch ein bisschen aus, wenn ihr könnt. Ruft uns in einer Stunde.«

Und damit war die Versammlung aufgelöst. Ihr neues Lied noch im Kopf, im Herzen und auf den Lippen, standen die Nachtwächter auf und trollten sich einer nach dem anderen die Treppe hinunter, die sie in ihr unterirdisches Zuhause führte.

Nur Marja blieb noch eine Weile allein vor dem Gitter stehen und sah Carina und Víbora nach, wie sie zwischen den länger werdenden Schatten verschwanden. Und obwohl sie nach all der Mühe wirklich hoffnungsvoll sein wollte, konnte sie nicht verhindern, dass ihr Magen wie von einer bösen Vorahnung unangenehm kribbelte.

Der Kampf der Lieder

Die Zeit schien sich verlangsamt zu haben, während Marja mit Diego, Thais, Javier und Nin in der Gruft saß und darauf wartete, dass die erste Wachschicht vorüberging. Zumindest kam es ihr so vor. Sie hielt eine alte Armbanduhr mit gesprungenem Zifferblatt in der Hand und sah dem Sekundenzeiger zu, wie er gemächlich seine Runden drehte. Es war die einzige Uhr, die in der Gruft der Nachtwächter existierte; alle anderen Exemplare, so hatte Javier ihr erzählt, hatten sie längst verkauft. Schließlich war es weitaus wichtiger, etwas zu essen und zu trinken zu haben, als immer genau zu wissen, wie spät es gerade war. Aber diese eine – ein hässliches, billiges Ding aus hellgrünem Gummi und Plastik – reichte völlig aus, um Marja langsam, aber sicher in den Wahnsinn zu treiben.

Der schwache Lichtschimmer, der tagsüber bis hinunter in die Gruft drang, wurde bereits deutlich schwächer, als der Minutenzeiger endlich den letzten, entscheidenden Schritt vorrückte. Augenblicklich stand Marja auf und legte die Uhr zur Seite. »Die Stunde ist um!«

Ihre Stimme rüttelte auch die anderen aus ihrem nervösen Schweigen. Seit sie die Versammlung an der Oberfläche aufgelöst hatten, hatte niemand auch nur ein Wort gesprochen. Vielleicht, weil Carina gesagt hatte, sie sollten versuchen, Ruhe zu finden. Vielleicht aber auch, weil jeder in seine eigenen, angespannten Gedanken versunken war. Der kleine Nin war wieder ein wenig eingenickt. Er murmelte und zuckte im Schlaf mit den Beinen wie ein träumendes Hündchen. Jetzt aber waren sie alle wieder hellwach, Augen und Ohren ganz im Hier und Jetzt.

»Marja und ich sind jetzt dran! Los, wir rufen sie gleich zurück!« Javiers Stimme klang ganz piepsig vor Aufregung und schon war er auf dem Weg die Treppe hinauf. Marja folgte ihm eilig.

Die Abenddämmerung hatte den Himmel über dem Friedhof inzwischen in Gold und Silberblau gefärbt. Sogar ein paar hellgraue Wolkenfetzen mit strahlenden Rändern waren aufgetaucht und die Luft war beinahe auf eine angenehme Temperatur abgekühlt. In den Bäumen hatten ein paar Vögel zu zwitschern begonnen und auch die Zikaden hatten ihren laut zirpenden Chor wieder aufgenommen. Katzen schlichen durchs dürre Gebüsch, und ein leichter Wind, der vom Meer kommen musste, strich durch die Äste der Fichten und Zedern. Hätte Marjas Herz nicht so laut und aufgeregt gepocht, sie hätte es sicher genossen, zu beobachten, wie die Welt aus dem trägen Hitzeschlaf erwachte, in den sie über den Tag gefallen war. So aber lauschte sie nur, wie Javier in seine Hände blies und den Käuzchenruf durch die Dämmerung schickte. Der Wind nahm den Klang auf und trug ihn weit über den Friedhof. Marja hielt unwillkürlich den Atem an. Hatten auch Carina und Víbora den Ruf gehört? Waren sie schon auf dem Rückweg? Sie versuchte, zwischen all dem Rascheln und Rauschen, dem Zirpen und Zwitschern menschliche Schritte zu erkennen. Aber das war ganz unmöglich.

Stattdessen erschreckte sie sich gewaltig, als sie den Blick hin und her schweifen ließ und plötzlich Carina nur ein paar Schritte von ihnen entfernt zwischen zwei Grabsteinen auftauchte. Sie bewegte sich mindestens ebenso leise und geschickt wie die streunenden Katzen. Und als Marja den ersten Schock überwunden hatte, musste sie sich eingestehen, dass sie beinahe ein bisschen neidisch auf Carinas Schleichkünste war.

Carina blieb vor ihnen stehen. Das schwindende Licht warf Schatten, die ihr Gesicht wieder wie das einer Achtjährigen wirken ließen – einer sehr ernsten Achtjährigen allerdings. »Alles ruhig im hinteren Teil«, berichtete sie. »Keine Spur von der Hexe – oder von Alejandro.« Sofort verdüsterte sich ihre Miene. Sie machte sich insgeheim wohl noch immer Vorwürfe, weil sie niemandem etwas von Esma erzählt hatte. Marja sah es ihr deutlich an, obwohl Carina sicher nicht wollte, dass jemand etwas davon mitbekam. Aber Marja fühlte sich ja selbst immer noch ein wenig schuldig an dem, was passiert war. Vielleicht mochte sie Carina deshalb am liebsten von allen Nachtwächtern. Weil sie so ähnliche Gewissensbisse mit sich herumschleppten.

Sie nickte. »Ist gut. Dann übernehme ich gleich deinen Bereich.« Marja war froh, endlich etwas unternehmen zu können. Noch eine Stunde herumsitzen und auf die Uhr starren, das würde sie auf gar keinen Fall aushalten.

Carina erwiderte das Nicken. »Okay. Dann löst Javier Ví ab.«

»Wo steckt sie eigentlich?«, warf Javier in diesem Moment ein. Er hatte, während Marja und Carina sich unterhielten, in unregelmäßigen Abständen weitere Käuzchenrufe erklingen lassen. Aber von Víbora war noch immer keine Spur zu entdecken.

»Gute Frage.« Carina verengte die Augen und spähte in die Richtung des vorderen Kompartiments, wo die hohen Mauern mit den Grabnischen den Blick auf den Eingang zum Friedhof versperrten. »Sie sollte längst hier sein.«

Ein nervöses Kribbeln machte sich in Marjas Magen breit. Carina hatte recht. So groß war der Friedhof nun auch wieder nicht. Egal, wo Víbora gerade war, inzwischen hätte sie bei ihnen auftauchen müssen. Da stimmte doch etwas nicht!

»Sollten wir sie nicht suchen?«, fragte sie besorgt.

Carina nickte ernst. »Ja, gute Idee. Javier, sag den anderen Bescheid. Wir teilen uns auf, dann geht es schneller.«

Javier zögerte nicht eine Sekunde. Wie ein geölter Blitz schoss er die Treppe zur Gruft hinunter. Von unten hörten sie ihn gedämpft mit aufgeregter Stimme zu den anderen sprechen und innerhalb kürzester Zeit war er mit Diego und Thais zurück.

»Ist sie immer noch nicht da?« Thais sah ängstlich aus. Und auch Diego hatte die Stirn in tiefe Sorgenfalten gelegt.

Carina und Marja schüttelten den Kopf.

»Der vordere Teil des Friedhofs ist kreuzförmig aufgebaut«, erklärte Carina an Marja gewandt. »So entstehen vier Felder, in denen jeweils mehrere dieser Gedenkwände aufgestellt sind, die du von hier aus sehen kannst. Wenn jeder von uns eins dieser Felder übernimmt, haben wir sie sicher schnell gefunden. Javier, kannst du unten …«

»… auf Nin aufpassen. Jaja, schon klar«, seufzte Javier. Es war sonnenklar, dass es ihm gar nicht gefiel, schon wieder den spannenden Teil zu verpassen. Aber er widersprach nicht weiter und verschwand folgsam nach unten. Marja, Carina, Thais und Diego wechselten einen Blick. Es brauchte keine weitere Absprache. Sie wussten, was sie zu tun hatten. So schnell sie konnten, machten sie sich auf den Weg.

Im vorderen Teil des Friedhofes, dort wo die vier großen Wege an einer kleinen Kapelle kreuzförmig auseinanderliefen, genau wie Carina gesagt hatte, trennten sie sich. Und bei allem Mut, den Marja bis hierher schon gesammelt hatte, war ihr nun doch ein bisschen mulmig, in der schnell herabfallenden Dunkelheit ganz allein in eines der beiden vorderen Felder vorzudringen. Die Wände mit den Grabnischen sahen aus der Nähe so viel größer aus als von Weitem. Sie waren dicker, als Marja die Arme zu beiden Seiten strecken konnte, und ragten mehrere Meter hoch über ihr auf. In vielen der Nischen brannten kleine Grablichter in roten Gläsern und warfen ein zuckendes, flackerndes Licht auf die Pfade, die zwischen ihnen hindurchführten. In den Schatten, die übrig blieben, konnte sich praktisch alles verstecken. Und selbst der steinerne Engel, der Marja von der Kapelle aus nachsah, schien ihr gerade eher bedrohlich als tröstlich. Instinktiv trat sie so leise wie möglich auf, trotzdem knirschten und knisterten die kleinen Kiesel und trockenen Fichtennadeln unter ihren Füßen. Obwohl das Geräusch im Rascheln und Wispern der hereinbrechenden Nacht schnell unterging, hatte Marja doch das Gefühl, ihre Schritte müssten kilometerweit zu hören sein. Vor allem konnte man sie hier viel zu gut sehen, mitten auf dem Weg und beleuchtet vom Licht der Kerzen.

»Víbora?«, flüsterte sie und blieb stehen, um zu lauschen. »Bist du hier irgendwo?«

Sie erhielt keine Antwort. Nur eine Katze huschte an ihr vorbei, nicht mehr als ein kleiner grauer Schatten, der genauso schnell wieder verschwand, wie er aufgetaucht war.

Marja konnte das Klopfen ihres Herzens inzwischen bis in die Fingerspitzen fühlen. Vorsichtig schlich sie weiter zwischen den Grabnischen hindurch, die Augen fest auf das Ende der Gasse gerichtet, die sie bildeten. Als sie endlich in den Schatten der Friedhofsmauer huschen konnte und so zumindest selbst nicht mehr für jedermann sichtbar war, der sie aus dem Dunkeln beobachten wollte, atmete sie ein wenig auf. Vielleicht, überlegte sie und versuchte, ihren zitternden Atem zu beruhigen, war es am klügsten, erst einmal weiter an der Mauer entlangzugehen. Von hier aus konnte sie ja in die Gassen zwischen den Grabwänden hineinsehen und sich zumindest einen groben Überblick verschaffen, ob Víbora dort irgendwo war. Marja wusste, dass das ein bisschen feige war, aber sie musste erst einmal wieder richtig Luft bekommen. Also drückte sie sich dicht an der Mauer entlang und spähte vorsichtig in alle Grabnischen, die sie von dort aus einsehen konnte.

Schließlich erreichte sie den großen, aufwendig verzierten Torbogen aus Stein, der zusammen mit zwei mächtigen Säulen und einer breiten Treppe den Eingang zum Friedhof bildete. Dort stieß sie auch wieder auf den Weg, der geradewegs zurück zur Kapelle führte. Hier endete das Gebiet, das sie durchsuchen musste. Aber Marja war klar, dass sie noch längst nicht so gründlich gesucht hatte, wie sie es hätte tun sollen. Und von den anderen war auch noch nichts zu sehen oder zu hören. Sie biss die Zähne zusammen. *Nicht kneifen!*, dachte sie entschlossen. *Stell dich nicht so an, Marja!*

Sie war schon kurz davor, umzukehren und doch noch die Gänge zwischen den Grabwänden genauer abzusuchen – als ihr plötzlich auffiel, dass das schmiedeeiserne Gittertor zum Friedhofsvorplatz einen Spaltbreit offen stand. Marja stutzte und blieb stehen. Sie hatte keine Ahnung, wie die Öffnungszeiten des Friedhofs waren, aber normalerweise sollte das Tor jetzt, wo es schon fast Nacht war, verschlossen sein, das war klar. Dass es offen stand, konnte nur eines bedeuten: Jemand musste gerade erst hinausgegangen oder hereingekommen sein …

Obwohl ihre Knie vor Aufregung weich wie Wackelpudding waren, machte Marja ein paar vorsichtige Schritte aufs Tor zu, um besser sehen zu können.

Und tatsächlich: Draußen auf dem Vorplatz war jemand. Zwei schemenhafte Gestalten, nichts als schwarze Silhouetten im letzten dunkelvioletten Abendlicht.

Im ersten Moment war Marja wie erstarrt vor Schreck. Doch dann hörte sie eine Stimme. Eine heisere Mädchenstimme, die sie sofort erkannte, auch wenn sie gerade nur aufgeregt flüsterte.

»Was …? Nein, verdammt, hör endlich auf mit dem Mist, habe ich gesagt!«, zischte Víbora wütend. »Komm jetzt mit, aber sofort! Das alles wird sonst schlimm enden, für uns alle, kapierst du das?«

Und in diesem Augenblick erkannte Marja auch die andere Gestalt: Alejandro.

Das Erste, was sie spürte, war eine riesige Welle aus Freude und Erleichterung. Alejandro! Er war hier, ganz allein, ohne Amaia! Er hatte sich befreit und war zurückgekommen! Und für eine winzige Sekunde war Marja sogar bereit, das selbst zu glauben.

Doch dann hörte sie Alejandros Antwort. Eine Antwort, die jede Freude im Keim erstickte.

»Nein, Ví«, sagte er, und Marja hörte ein Lächeln in seiner Stimme, das ihr eine kalte Gänsehaut über den Rücken jagte. Dieses seelenlose Lächeln hatte sie schon einmal gesehen und gehört. »Es wird andersherum sein. *Ich* nehme *dich* mit. Glaub mir – alles wird gut.«

Alles wird gut.

Ja, genau das Gleiche hatte Amaia gesagt, ehe sie Marja in der Kammer im Keller einsperrt hatte. Und auch Esma hatte diese Worte benutzt, nur kurz bevor Marja Alejandro zum letzten Mal gesehen hatte. *Alles wird gut,* mit dem gleichen leeren Lächeln auf dem starren Gesicht.

Alles wird gut.

Das hatte sie gesagt, immer wieder, und doch war gar nichts gut geworden, genauso wenig, wie es jetzt gut werden würde, wenn sie nichts unternahm, das wusste Marja ganz sicher. Und nun sah sie auch die anderen Verlorenen Kinder, verborgen im Gebüsch und hinter den Bäumen am Rand des Platzes. Ihre weißen Kleider leuchteten gespenstisch in der Dunkelheit.

Víbora!, wollte Marja rufen. *Pass auf, das ist eine Falle!* Aber ihr Mund war plötzlich so trocken, dass sie keinen Ton herausbrachte. Nur ein heiseres Japsen kam aus ihrer Kehle, als hätte jemand sie mit einem Schweigezauber belegt.

Und dann begann Alejandro zu singen.

Er sang nicht besonders schön. Im Gegenteil, er sang Amaias Lied so schief, dass es fast gar nicht mehr zu erkennen war. Doch noch nie hatte Marja sich durch die verzauberte Melodie so berührt gefühlt, ganz tief in ihrer Brust, wo ihr Herz schlug. Für endlose Sekunden war sie wie gelähmt. Sie spürte, wie die magischen Töne in sie hineinflossen, sie vollkommen ausfüllten und jeden anderen Gedanken auslöschen wollten. Alles in ihr wurde plötzlich ganz weich, ganz mut- und kraftlos, und am liebsten hätte sie sich einfach hingesetzt und geweint. Aber so durfte es doch nicht enden! Sie mussten doch eine Chance haben, flehte sie – sie wusste nicht, zu wem, aber sie flehte –, nur eine winzig kleine Chance, nach allem, was sie getan hatten … Doch sie konnte nichts tun, nichts ändern. Und in diesem Moment wollte sie wirklich aufgeben, einfach alles geschehen lassen. Nein, sie hatten keine Chance. Sie hatten eigentlich nie eine gehabt. Sie hätten fliehen sollen, als sie es noch konnten, aber jetzt war es dafür zu spät, viel zu spät …

Schon knickten ihre Knie ein und um ein Haar wäre sie gestürzt – da hörte sie plötzlich noch jemanden singen. Aber nicht Amaias Lied. Sondern ein anderes. Eines, mit dem Marja jede einzelne Minute dieses Nachmittages verbracht hatte. Víboras Stimme klang ganz klein und zittrig und ging fast vollständig unter in Alejandros kräftigem Gesang. Doch sie rüttelte Marja auf, rüttelte sie wach und gab ihr ihre eigene Stimme und Kraft zurück. Víbora hatte noch nicht aufgegeben! Wie kam sie selbst bloß darauf, auch nur daran zu denken? Und statt sich einfach fallen zu lassen, stürmte Marja nun vorwärts, ohne auch nur einen Moment länger zu zögern.

»CARINA!«, brüllte sie aus vollem Hals. »DIEGO! THAIS! DIE HEXE! DIE HEXE IST HIER!«

Und dann war sie bei Víbora, deren Gesang unter dem Druck von Alejandros Stimme schon wieder erstarb. Marja schlang die Arme um sie, drückte sie fest an sich und stimmte in ihr Lied mit ein, so laut sie konnte. Nein, diesmal würde sie nicht aufgeben, dachte sie wild entschlossen. Sollte Amaia es doch versuchen, so oft sie wollte, Víbora würde sie nicht kriegen!

Und tatsächlich schien Alejandro mit einem Mal verwirrt zu sein. Sein Gesang wurde unsicher, die Töne stolperten und fielen ungeordnet durcheinander, zumal nun auch Víbora, ermutigt durch Marjas Hilfe, wieder kräftiger die verdrehte Melodie mitsang. Sein Gesicht verzog sich, als hätte er Schmerzen, und sein Blick flackerte, als versuche hinter der lächelnden Maske, die Amaias Bann aus seinem Gesicht gemacht hatte, der alte Alejandro durchzubrechen. Mit Tränen der Erleichterung in den Augen starrte Marja ihn an. Es funktionierte! Es funktionierte wirklich!

Doch dann begann der Chor zu singen.

Marja hatte Amaias Kinder schon beinahe vergessen, so sehr war sie mit Alejandro und Víbora beschäftigt gewesen. Aber natürlich waren sie immer noch da, und nun verließen sie sogar ihr Versteck, kamen mit langsamen Schritten näher und sangen wie mit einer einzigen klaren Stimme, gegen die Marja und Víbora wie zwei frisch geschlüpfte, nackte Vogelküken anpiepsten. Esma trat aus ihren Reihen hervor, stellte sich neben Alejandro und nahm ihn bei der Hand. Das Flackern in seinen Augen erlosch, als er seine Schwester berührte. Das seelenlose Lächeln kehrte zurück.

Und dann war plötzlich auch Amaia da. Sie stand zwischen ihren Kindern, das Gesicht voller Mitgefühl und die Augen voller Tränen, als ob es sie selbst unglücklich machte, was sie da mit ansehen musste. Aber sie hörte trotzdem nicht auf, trotzdem gab sie ihren Kindern kein Zeichen, still zu sein. Auch sie sang, sang und sang und Alejandro und der Kinderchor sangen mit ihr.

Marja traten die Tränen in die Augen. Das vielstimmige Lied erdrückte sie, presste ihr alle Luft aus den Lungen, bis es schmerzte und sie glaubte zu ersticken. Sie schafften es nicht! Sie waren nicht laut genug!

Doch in der Ferne erklangen plötzlich leise Käuzchenrufe. Und auch wenn Marja nicht wusste, ob das wirklich Carina und die anderen waren, kniff sie die Augen fest zusammen und zwang sich durchzuhalten. Sie presste die Töne der verdrehten Melodie durch ihren Hals, wieder und wieder, obwohl sie sich selbst schon gar nicht mehr hören konnte und nicht einmal wusste, ob Víbora noch bei ihr war. Sie würde nicht aufhören, solange Amaia nicht aufhörte, und wie Amaia sang sie und sang und sang …

Sie wusste nicht, wie lange sie dort gekauert hatte, so fest an Víbora geklammert, dass sie nicht mehr hätte sagen können, wer von ihnen nun wen festhielt. Aber irgendwann, als sie schon fast sicher war, nur noch mechanisch den Mund auf- und zuzuklappen, ohne dass auch nur noch ein einziger Ton herausgekommen wäre, spürte Marja plötzlich, wie sich etwas veränderte. Der wilde Sturm der Klänge in ihrem Kopf flaute ein wenig ab, und ihr war, als könne sie sich selbst endlich wieder hören. Ihre eigene Stimme, aber zugleich mehrfach verdoppelt wie durch ein vielstimmiges Echo, sang das verdrehte Lied und übertönte Amaias Chor. Das Gewicht, das sie zu Boden drücken wollte, ließ ein wenig nach, und als Marja mit großer Anstrengung den Kopf wandte und die Augen öffnete, sah sie vor dem Eingangstor zum Friedhof die anderen Nachtwächter stehen. Carina, Diego, Thais und sogar Javier und Nin – sie hatten sich in einer Reihe aufgestellt, sich an den Händen gefasst und schrien Amaia und den Verlorenen Kindern ihr Lied entgegen. Laut und ungestüm und kaum zu vergleichen mit dem harmonischen Gesang vom Nachmittag, dafür aber umso kraftvoller brüllten sie die Melodie heraus wie einen Kampfschrei.

Und es wirkte.

Mittlerweile hatten etliche der Jungen und Mädchen aus Amaias Gefolge, einschließlich Alejandro und Esma, aufgehört zu singen und sahen aus großen, verwirrten Augen in die Gegend. Und dann begannen sie, einer nach dem anderen, wie Träumer, die gerade aus einem wirren Traum aufwachen und sich am Erstbesten festklammern, das ihnen real erscheint, das verdrehte Lied zu summen. Erst leise, dann immer sicherer, bis nach und nach der ganze Chor einstimmte. Sie fanden nicht zu einer Stimme zusammen, und das Lied zerfaserte und wurde immer mehr zu einem wirren Knäuel wild zusammengewürfelter Töne, je mehr

Kinder einfielen. Manche fingen mittendrin plötzlich an, haltlos zu kichern, andere weinten, ohne recht zu wissen warum. Auch Marja wollte lachen oder losheulen oder am besten beides zugleich. Es hatte geklappt! Sie hatten gesiegt, sie hatten es wirklich geschafft!

»Marja!« Ein atemloser, aber strahlender Alejandro stürmte auf sie zu, gerade als sie es wagte, Víbora endlich loszulassen, und sich langsam aufrappelte. »Ví!« Er drückte sie beide an sich und nun musste Marja wirklich weinen. Der ganze Vorplatz summte vom Klang der aufgeregten Kinderstimmen, singend, lachend, weinend. Und keine Spur mehr von Amaias bösem Schlaflied. Alles wurde gut. Nun wurde *wirklich* alles gut.

Doch erst eine ganze Weile später, als sich alle gegenseitig mindestens fünfmal geherzt, geknufft und gedrückt hatten, fiel Marja plötzlich auf, dass Amaia, die Hexe, die weinende Dame, die an alldem die Schuld trug, von ihnen allen unbemerkt spurlos verschwunden war.

Der Fluss war sehr gefährlich.

Seit Luisa und Sol auf eigenen Beinen laufen konnten und bettelten, allein in der Bucht spielen zu dürfen, hatte Amaia ihren Töchtern immer wieder die Gefahr gepredigt. Zu stark war die Strömung, die sich unter der scheinbar ruhigen Wasseroberfläche verbarg, und zu heimtückisch ihre Strudel.

»Geht nicht mehr als drei Schritte in den Fluss hinein, geht niemals auch nur in die Nähe der Stelle, wo der Boden plötzlich abfällt und das Wasser sehr schnell tiefer wird! Niemals, hört ihr? Niemals mehr als drei Schritte!«

Amaia hörte ihre eigenen Worte in ihrem Kopf erklingen, während sie vorwärtswatete auf das gegenüberliegende Ufer zu, wo sie Sols Schal hatte leuchten sehen. Das Wasser ging ihr bereits bis zur Brust. Noch nie war sie so weit hinausgegangen. Amaia konnte nicht besonders gut schwimmen und sie war erschöpft von der langen Suche. Aber die jähe Hoffnung hatte ihr Kraft gegeben und die Verzweiflung trieb sie an. Wenn sie ihre Kinder jetzt nicht fand und sie sich noch weiter verirrten, würde sie sich das niemals verzeihen. Sie konnte den roten Schal nicht mehr sehen. Aber wenn sie erst am anderen Ufer war, würde sie ihn schon wiederfinden.

Als Amaia in ein Schlammloch trat und plötzlich den Boden unter den Füßen verlor, fuhr ihr der Schreck durch Mark und Bein. Die Strömung packte sie augenblicklich und zerrte sie mit kräftigem Griff unter Wasser. Amaia strampelte wie wild und kam keuchend wieder an die Oberfläche. Hastig versuchte sie, mit den Füßen Halt zu finden – doch vergeblich. Unter ihr gab es keinen festen Grund mehr, nur noch glitschigen Schlamm, der ihr zwischen den Zehen hindurchglitt, ehe der Fluss ihr erneut die Beine unter dem Körper wegzog. Amaia schnappte nach Luft und atmete Wasser ein. Sie hustete und spuckte und griff verzweifelt um sich – aber da war nichts, was sie hätte packen, womit sie sich hätte retten können. Stattdessen sah sie aus dem Augenwinkel ein rotes Leuchten: Sols Schal trieb, kaum eine Armlänge von ihr entfernt, den Fluss hinab.

Sols Schal, den sie die ganze Zeit über in der Hand gehalten und erst jetzt losgelassen hatte.

Kalte Angst griff nach Amaias Herz, als sie verstand. Sie hatte den Schal niemals in der Dunkelheit leuchten sehen, denn ihre Tochter hatte den Schal gar nicht bei sich. Sie selbst hatte das rote Tuch am Strand eingesammelt und seitdem keine einzige Sekunde lang losgelassen. Sie war einem Trugbild nachgelaufen, die ganze Zeit.

Wie hatte das passieren können?

Wie hatte ihr Kopf ihr nur so einen Streich spielen können?

Es spielte keine Rolle mehr, dachte Amaia matt, als der Fluss sie erneut nach unten zerrte und sie herumwirbelte, bis sie nicht mehr wusste, wo oben oder unten war. Nichts spielte jetzt noch eine Rolle.

Mit einem Schlag verließ sie alle Kraft, die ihr noch geblieben war, und mit ihr alle Hoffnung. Erschöpft hörte Amaia auf, sich zu wehren, und ließ sich einfach vom Strom davontragen. Wasser drang in ihre Lungen und kleine Sterne tanzten vor ihren Augen.

Es ist meine Schuld, *dachte sie verzweifelt.* Das alles ist ganz allein meine Schuld …

Wie das letzte Aufflackern einer verlöschenden Flamme glitt noch einmal das rote Tuch an ihr vorbei. Amaia versuchte, es zu greifen, aber ihre Finger schlossen sich viel zu langsam. Allmählich spürte sie nichts mehr, es war, als flöge sie durch leichte, warme Luft in der Dunkelheit dahin.

Amaias Augen füllten sich mit Tränen. Die salzigen Tropfen wurden gleich von der Strömung erfasst und fortgetragen.

Ich werde euch finden!, *versprach sie ihren Kindern stumm.* Ich werde euch finden, ich verspreche es! Ich werde niemals aufhören, nach euch zu suchen!

Das waren ihre letzten Gedanken, bevor es endgültig schwarz um sie wurde.

Ein unerwarteter Vorschlag

Im allgemeinen Durcheinander hatte Marja Alejandro ziemlich schnell aus den Augen verloren. Es wuselten einfach zu viele Kinder um sie herum, die gegen ihre Verwirrung ankämpften. Eifrig plappernd versuchten sie herauszufinden, wo sie waren, was gerade geschehen war und wie viel Zeit sie in Amaias Gefolgschaft verbracht hatten.

Erst Minuten später entdeckte Marja Alejandro auf der anderen Seite des Platzes. Er stand mit Carina und Diego ganz in der Nähe des Eingangstors zum Friedhof. Zwischen all den weiß gekleideten Mädchen und Jungen wirkten sie in ihren dunklen, abgerissenen Klamotten fast ein bisschen zwielichtig – selbst Alejandro, der sein weißes Hemd ausgezogen und in den Dreck geworfen hatte und nun mit nacktem Oberkörper dastand. Die drei hatten die Köpfe zusammengesteckt und redeten miteinander. Alejandros Schwester Esma stand still und schüchtern daneben und hielt sich mit einer Hand an der Hose ihres Bruders fest.

Als Alejandro Marja entdeckte, leuchtete ein breites Grinsen auf seinem Gesicht auf, und er winkte ihr, schnell zu ihnen zu kommen.

»Meine Heldin!« Er wuschelte ihr durch die Haare. »Carina hat gerade erzählt, wie ihr meine Rettung geplant habt. Genial, wirklich!« Er zögerte kurz und sein Grinsen verschwand. »Und ... danke. Ehrlich, danke.« Aus der Nähe konnte Marja sehen, wie blass Alejandros Gesicht war, richtig ausgezehrt wirkte er. »Und bitte, verzeih mir. Es war meine Schuld. Ich habe euch alle unnötig in Gefahr gebracht.«

Marja antwortete nicht gleich. Ja, Alejandro hatte sich in der Taverne nicht gerade vorbildlich verhalten, aber jetzt wo sie ihn und die anderen Verlorenen Kinder gerettet hatten, wollte sie ihm keine Vorwürfe machen. Also schüttelte sie nur den Kopf. »Schon gut. Es ging ja um deine Schwester.« Sie lächelte Esma zu, auch wenn es ihr ein wenig schwerfiel. So schnell wurde sie die Erinnerung an das, was in Amaias Taverne geschehen war, einfach nicht los. »Und ich habe das ja auch nicht allein geschafft. Die anderen haben mir geholfen, das Lied umzudrehen, und ich hätte wahrscheinlich schon am Tor aufgegeben, wenn nicht Víbora ...« Sie stockte. »Moment mal. Wo wir gerade dabei sind – wo ist sie denn eigentlich schon wieder?«

Marja sah sich suchend um, konnte das Mädchen mit dem Messer aber nirgendwo entdecken. Augenblicklich begann ihr Herz, wieder schneller zu schlagen. Was war passiert? Ging es Víbora gut? Hatte Amaia sie etwa mitgenommen?

Aber Carina deutete mit einer vagen Handbewegung auf das Friedhofstor. »Sie ist schon reingegangen. Lass sie ein bisschen in Ruhe. Ich glaube … sie schämt sich für das, was passiert ist.«

»Sie schämt sich?« Marja runzelte verständnislos die Stirn. »Wieso das denn?«

Alejandro zuckte ein wenig verlegen die Schultern. »Weil sie den gleichen Fehler gemacht hat wie ich. Weil sie mich allein retten wollte. Wärst du nicht gekommen, ich hätte sie sicher … also … du weißt schon.« Er brach ab. Es schien ihm wirklich unangenehm zu sein, darüber zu reden. Kein Wunder, dachte Marja. Bestimmt war es kein schönes Gefühl zu wissen, dass er durch sein dummes Verhalten beinahe seine Freunde verletzt hätte.

»Sie hätte uns warnen müssen«, ergänzte Carina an seiner Stelle. »So hat sie uns alle nur noch mehr in Gefahr gebracht.«

Marja seufzte. »Wenn wir Alejandro verzeihen, müssen wir ihr auch verzeihen«, stellte sie sachlich fest.

Carina zuckte die Schultern. »Ein bisschen drüber nachzudenken, wird ihr schon nicht schaden.«

»Wir haben jetzt sowieso wichtigere Dinge, über die wir sprechen müssen«, wechselte Alejandro das Thema. Selbst in der Dunkelheit der Nacht sah Marja, dass seine Wangen rot waren vor Verlegenheit, auch wenn er versuchte, sich nichts anmerken zu lassen. Er ließ den Blick über die Verlorenen Kinder schweifen. »Zum Beispiel, wo die alle hinsollen.«

Das stimmte natürlich. Auch Marja betrachtete die Kinder nachdenklich. Sie waren nun zwar von Amaias Zauber befreit, aber verloren waren sie immer noch. Außerdem schienen sie langsam wirklich müde zu werden. Immer mehr hockten schon schweigend und bald im Halbschlaf auf dem Boden, manche hatten leise angefangen zu jammern. Es war klar, dass sie sich etwas einfallen lassen mussten, und zwar bevor die Sonne aufging. Nach allem, was Marja bisher gesehen hatte, kamen nur sehr selten andere Menschen auf den Friedhof, vor allem nicht in den alten, verwilderten Teil, wo die Gruft lag. Aber hier auf dem Vorplatz würde so eine große Gruppe von Kindern natürlich sehr bald auffallen.

Marja seufzte tonlos. Wenn sie ganz ehrlich war, hatte sie gar keine Geduld, um über so etwas nachzudenken. Jetzt wo Alejandro zurück und wieder bei Sinnen war, stand der Rückkehr zu ihrer Familie doch nichts mehr im Wege, oder? Aber bei einem Blick in Alejandros müdes Gesicht brachte sie es nicht über sich, ihn zu bitten, sie heute Nacht noch in die Stadt zu bringen.

»Na ja, das wird eng in der Gruft.« Carinas Stimme riss Marja unsanft aus ihren Gedanken. Auch sie klang furchtbar erschöpft und ihre Stimme war schon heiser. »Aber für eine Nacht wird es wohl gehen, oder? Da findet sie auch erst mal niemand.«

Alejandro nickte langsam. »Es muss gehen. Wir können sie ja nicht einfach wegschicken«, stimmte er zu. »Aber wenn auch nur die Hälfte von ihnen jetzt Nachtwächter werden wollen, brauchen wir ein neues Versteck. Und das bald.« Ihm war deutlich anzusehen, dass ihm der Gedanke gar nicht gefiel, ihr kleines, sicheres Reich aufgeben zu müssen.

»Aber brauchen wir das nicht sowieso?«, wandte Carina ein. »Die Hexe ... ich meine, die ist doch immer noch da draußen. Und sie weiß jetzt, wo wir sind. Sie kommt vielleicht wieder!« Sie schauderte sichtlich bei dem Gedanken und auch Marja fröstelte unwillkürlich. Selbst Diego, der wie immer stoisch im Hintergrund wartete, spannte sich bei Carinas Worten merklich an.

Alejandro aber schüttelte langsam den Kopf. »Nein, das glaube ich nicht.« Er verzog nachdenklich das Gesicht. »Ich denke, sie weiß, wann sie verloren hat. Wir können ihr Lied jederzeit wirkungslos machen. Wir brauchen wirklich keine Angst mehr vor ihr zu haben. Überhaupt ...« Er zögerte kurz, gab sich dann aber doch einen Ruck. »Ich bin mir gar nicht mehr so sicher, ob sie wirklich so böse ist, wie wir immer dachten.«

»Hä?« Carina sah ihn verwirrt an. »Was soll das denn jetzt heißen? Tickst du noch ganz richtig?« Sie beugte sich vor und musterte Alejandro scharf, als wolle sie überprüfen, ob er Amaias Bann auch wirklich entkommen war.

Aber Alejandro schob sie ungeduldig weg. »Hör auf damit, ich meine es ernst.«

Carina schnaufte. »Und selbst wenn«, beharrte sie und auch Diego nickte zustimmend. »Böse ist, wer Böses tut. Selbst wenn sie uns für immer in Ruhe lässt und aus Barcelona verschwindet, macht sie in der nächsten Stadt doch genauso weiter! Oder glaubst du etwa, sie hört auf, Kinder zu fangen, nur weil wir uns gegen sie wehren konnten? Sie ist immer noch eine Hexe, die ihre eigenen Kinder getötet hat, Alejandro!«

»Nein, das ... das stimmt nicht«, meldete sich in diesem Moment Esma schüchtern zu Wort. Ihre Stimme war so leise, dass sie kaum zu verstehen war, und sie traute sich nicht, einem von ihnen ins Gesicht zu sehen. Und trotzdem klangen ihre Worte fest und ohne jeden Zweifel. »Sie hat ihre Kinder nicht ertränkt, wie es die Geschichten sagen. Sie hat sie verloren. Sie vermisst sie. Deswegen findet sie keinen Frieden, bis sie sie zurück hat. Amaia ist nicht böse, sie ist nur ... sehr traurig.«

Marja, Carina und Diego warfen dem zierlichen Mädchen überraschte Blicke zu. Esma hatte sich die ganze Zeit über so still im Hintergrund gehalten, dass sie ihre Anwesenheit beinahe vergessen hatten. Aber ihre Worte klangen so eindringlich! Marja spürte, wie Esmas Stimme etwas tief in ihr berührte, als ob sie die Saite eines Cellos zum Schwingen brachte, wunderschön und gleichzeitig schrecklich wehmütig. Esma, wurde ihr bewusst, war ziemlich lange bei Amaia gewesen. Sie verstand die Hexe besser als jeder andere von ihnen. Ob sie wirklich recht hatte?

Ein Rascheln ganz in der Nähe ließ Marja zusammenfahren, ehe sie den Gedanken beenden konnte. Alarmiert drehte sie sich um und glaubte für einen Moment, ein schmales Gesicht mit schwarz umrandeten Augen in den Büschen zu sehen. Doch noch bevor sie sich vergewissern konnte, war es schon verschwunden, und Marja hörte, wie leise Schritte sich eilig entfernten. Sie drehte sich wieder zu den anderen um, doch keiner von ihnen schien die Lauscherin im Gebüsch bemerkt zu haben – oder zumindest taten sie so. Und während Marja noch überlegte, ob sie trotzdem erwähnen sollte, was sie gesehen hatte, stieß Alejandro einen tiefen Seufzer aus.

»Darüber jetzt lange zu diskutieren, bringt doch nichts«, entschied er und nahm damit endgültig seinen Posten als Anführer der Nachtwächter wieder ein. »Wir reden morgen weiter.« Er kletterte auf einen Stein und hob den Arm. »Okay, alle mal herhören!« Dann wartete er, bis auch das letzte Gespräch verstummt war und alle zu ihm hinsahen.

»Es ist spät.« Alejandro ließ den Blick über die vielen Kinder schweifen. Es waren mindestens zehn oder elf. In der Gruft würde es jetzt wirklich eng werden, dachte Marja.

»Wir alle sind müde«, fuhr Alejandro inzwischen fort. »Wir sollten uns ausruhen, bevor wir darüber nachdenken, was wir als Nächstes tun.« Sein Blick streifte Carina, Diego und Marja, als wollte er sie warnen, so spät in der Nacht noch eine große Diskussion anzufangen. »Lasst uns also schlafen gehen. Folgt mir, ich zeige euch den Weg.«

Damit sprang er wieder vom Stein herunter und führte die Kinderschar durch das Tor auf den Friedhof. Einmal mehr konnte Marja seine Ausstrahlung nur bewundern. Er war bloß ein dürrer Junge, höchstens ein oder zwei Jahre älter als sie selbst und gerade erst aus einem Bann erwacht, unter den er durch reine Sturheit geraten war. Und trotzdem folgten sie ihm wie dem Rattenfänger von Hameln.

Langsam leerte sich der Friedhofsvorplatz. Marja wartete, bis alle anderen schon fast die Kapelle erreicht hatten, von der aus sie, Diego und Carina auf ihrer Suche nach Víbora aufgebrochen waren. Sie traute sich zu, den Weg zurück zur Gruft allein zu finden, und wenn sie ehrlich war, konnte sie ein bisschen Alleinsein nach all der Aufregung gut gebrauchen. Außerdem stieg in ihr allmählich die Enttäuschung auf, auch in dieser Nacht noch nicht wieder bei ihrer Familie zu sein. Morgen, dachte sie, würde sie auf jeden Fall darauf bestehen! Gleich nach Sonnenaufgang musste Alejandro ihr zeigen, wo dieses Hotel war. Sie wollte und konnte nicht mehr warten. Schon jetzt fühlte sich ihr altes, normales Leben schrecklich weit weg und fast fremd an. Sie wollte das nicht. Sie wollte endlich nach Hause, in ihr *richtiges* Zuhause. Mit absichtlich langsamen Schritten trottete sie in einigem Abstand hinter der Gruppe her, die nun ebenfalls recht still geworden war. Vielleicht schüchterten die hohen Wände mit den Grabnischen die Kinder ein, vielleicht waren sie einfach nur müde oder beides. Marja war es egal.

In diesem Moment raschelte es neben ihr und eine Stimme machte: »Pssssst!«

Marja fuhr zusammen und drehte sich ruckartig um.

»Schscht! Ich bin's! Sei leise!« Die Stimme kam aus einer der Grabnischen. Es war eine der wenigen, in der keine Kerzen brannten, und Marja sah nichts außer Schatten und Schwärze. Aber sie wusste auch so, wer sie da angesprochen hatte.

»Víbora!«, flüsterte sie und blieb neben der Nische stehen. »Was machst du denn da?«

Víbora antwortete nicht sofort. »Sind sie weg?«, raunte sie endlich. »Bist du allein?«

Marja nickte und warf einen Blick den Weg hinunter zur Kapelle. »Niemand mehr zu sehen«, antwortete sie ebenso leise.

Wieder verstrichen einige Sekunden. Dann raschelte

es gedämpft und Víbora kam aus der schattigen Nische zum Vorschein. Sie sah noch zerzauster aus als sonst und die schwarzen Ränder um ihre Augen waren ganz verschmiert.

»Ich muss mit dir reden«, flüsterte sie. »Komm mit!«

Eine verwunderte Frage lag Marja auf der Zunge, aber sie schluckte sie hinunter und folgte Víbora zurück in die Richtung, aus der sie gerade gekommen war. Was konnte sie von ihr wollen? Sie hatte ja scheinbar extra auf sie gewartet, um Marja abzupassen.

Am Friedhofstor blieb Víbora schließlich stehen. Der mondbeschienene Platz draußen sah ein bisschen unheimlich aus, jetzt wo keine Kinder mehr dort waren.

Víbora drehte sich zu Marja um. »Ich hab's genau gehört«, begann sie ohne Umschweife.

Marja sah sie verwirrt an. Sie verstand nicht gleich, was Víbora meinte. »Was? Was hast du gehört?«

Víbora verzog ungeduldig das Gesicht. »Na, was dieses Mädchen gesagt hat. Esma. Über die Hexe.«

Marja zog die Augenbrauen hoch. »Ach so – dass sie eigentlich gar nicht böse ist, meinst du. Ja, und?«

Víbora leckte sich nervös über die Lippen und wickelte einen ihrer peitschendünnen Zöpfe um den Finger. »Es ist so, weißt du ... Ich denke, sie hat vielleicht recht damit.«

Jetzt war Marja wirklich platt. Ausgerechnet von Víbora hätte sie so eine Aussage niemals erwartet. »Meinst du wirklich?«

Víbora nickte. Ihre Miene war ungewohnt nachdenklich. »Hast du es nicht gefühlt?«, fragte sie. »Als du gegen ihr Lied gekämpft hast? Hast du nicht gespürt, wie schrecklich traurig sie ist?«

Marja musste nicht eine Sekunde über die Antwort nachdenken. Ja, sie hatte es gespürt. Ganz deutlich sogar. Aber was änderte das? Wie Carina gesagt hatte: *Böse ist, wer Böses tut.* Da konnte Amaia noch hundertmal ihre Kinder vermissen, das machte das Verhexen und Entführen von anderen nicht besser.

»Ja, und?«, fragte sie zweifelnd. »Was haben wir davon?«

Víbora zuckte die Schultern und sah zu Boden. »Na ja. Ich hab's verbockt heute«, murmelte sie und sah ziemlich betreten dabei aus. »Dass ich einfach nach draußen zu Alejandro gegangen bin, allein … Ich hätte nicht gedacht, dass das so schiefgeht, verstehst du?«

Marja nickte stumm. Sie war sich nicht ganz sicher, worauf Víbora hinauswollte.

»Ich will's wiedergutmachen«, fuhr Víbora fort, und ihre Stimme klang ein wenig trotzig, als wüsste sie schon jetzt, dass Marja ihrem Plan auf keinen Fall zustimmen würde. »Ich werde die Hexe davon überzeugen, dass sie nie wieder Kinder entführen darf!«

Jetzt war Marja wirklich baff. »*Was* willst du machen? Ich meine, wie soll das denn bitte gehen?«

Víbora presste die Lippen zusammen. Sie sah ungewohnt ernst aus. »Sie ist traurig«, wiederholte sie und zu ihrer grenzenlosen Überraschung sah Marja plötzlich Tränen in ihren Augen glitzern. »Ich kapier einfach nicht, warum wir das nicht früher gemerkt haben. Sie *will* nicht böse sein. Das habe ich jetzt verstanden ... glaube ich zumindest.«

Marja schüttelte hilflos den Kopf. »Ich verstehe echt nicht, was du vorhast.«

Aber Víbora wischte ihre Worte nur mit einer Handbewegung beiseite. »Das musst du auch nicht. Lass das einfach meine Sorge sein. Ich gehe zu ihr und regle das und dann komme ich wieder.«

Marja sah sie aus großen Augen an. »Das ist nicht dein Ernst!«, rief sie. »Du willst doch nicht wirklich allein zur Taverne zurück!«

»Pssst!«, presste Víbora wütend hervor, und Marja verlegte sich eilig wieder aufs Flüstern.

»Das ist doch Wahnsinn!«, zischte sie. »Es wird hundertprozentig nach hinten losgehen!«

»Wird es nicht!«, zischte Víbora zurück. Sie warf einen Blick über die Schulter, um sicherzugehen, dass sie auch nicht belauscht wurden. Aber natürlich war dort niemand. Trotzdem senkte sie ihre Stimme noch ein bisschen mehr. »Ich verrate dir jetzt ein Geheimnis!«, wisperte sie. »Ich war nie wirklich bei der Hexe gefangen. Das habe ich nur gesagt, weil ich bei den Nachtwächtern dazugehören wollte. Ich bin nämlich gegen das Lied immun, musst du wissen.«

Marja riss entgeistert die Augen auf. Sie hätte mit

vielem gerechnet, aber damit nicht. »Immun? Was soll das heißen?«

Víbora zuckte die Schultern. »Es wirkt bei mir nicht. Ich kann dir nicht erklären, warum, aber es ist so. Deswegen dachte ich doch auch, ich könnte Alejandro allein retten, verstehst du?«

»Aber ...« Marja verstummte, weil sie eigentlich nicht wusste, was sie sagen sollte. Tausend Gedanken schlugen Purzelbäume in ihrem Kopf. Ihr fiel wieder ein, was Carina über Víbora gesagt hatte. Dass sie anders war als sie alle. Und Alejandro hatte erzählt, dass sie die Einzige der Nachtwächter war, die sich selbst befreit hatte. Jetzt bekamen diese Geschichten plötzlich einen ganz anderen Sinn. »Sie kann mich nicht verzaubern«, erklärte Víbora und wirkte dabei tatsächlich nur ein ganz kleines bisschen aufgeregt. »Also kann ich ihr jederzeit wieder entwischen, sollte ich sie nicht überzeugen können – aber das werde ich sowieso.«

Sie sagte das so im Brustton der Überzeugung, dass Marja nur schlecht etwas dagegenhalten konnte. Zumal sie ja immer noch nicht wusste, was Víbora eigentlich zu Amaia sagen wollte, um sie zum Guten zu bekehren. Aber sie ahnte, dass sie das auch nicht aus ihr herausbekommen würde. Schließlich gab es in ganz Barcelona vermutlich keinen größeren Sturkopf als das Mädchen mit den Peitschenzöpfen.

»Und warum erzählst du das gerade mir?«, fragte sie also stattdessen, nachdem sie die wirbelnden Gedankenfetzen endlich eingefangen und halbwegs sortiert hatte. »Warum nicht Alejandro oder Carina oder … oder wenigstens Diego?«

Víbora seufzte und verdrehte die Augen. »Sie würden sich nur unnötig aufregen und versuchen, mich aufzuhalten.«

Marja runzelte die Stirn. »Und du denkst, ich halte dich nicht auf?«

»Das kannst du doch gar nicht.« Víbora grinste schief. Dann aber wurde ihr Gesicht wieder ernst und sie sah Marja nun sehr eindringlich aus ihren schwarz umrandeten Augen an. »Lass es mich versuchen, bitte. Vertrau mir. Gib mir wenigstens ein paar Stunden. Wenn ich bis morgen Mittag nicht wieder da bin …«, sie räusperte sich, »… könnt ihr ja in die Taverne kommen und nachsehen, was aus mir geworden ist. Einverstanden?«

Marja schwieg überwältigt. Sie hätte jetzt widersprechen müssen, das war ihr klar, oder wenigstens darauf bestehen, dass Víbora ihr ihren Plan genau erklärte. Aber in ihrem Kopf drehte sich alles, während sie gleichzeitig die böse Ahnung hatte, dass nichts von dem, was sie sagen oder tun könnte, Víbora zum Bleiben bewegen konnte. Und noch ehe sie überhaupt einen Satz herausbekam, sprach Víbora auch schon weiter – ganz schnell, als wolle sie Marja zuvorkommen oder es vielleicht auch rasch hinter sich bringen. Die einzelnen Silben stolperten beinahe übereinander.

»Eigentlich habe ich ja auch bloß auf dich gewartet, weil ich nicht einfach abhauen wollte, ohne dass ihr wisst, wo ich bin. Und weil ich … na ja, weil ich Danke sagen wollte. Dass du da warst, meine ich.« Die letzten Worte waren kaum noch zu hören, so leise sprach Víbora und sie wurde feuerrot im Gesicht dabei.

Aber Marja verstand sie. Sie verstand sogar sehr gut. Sie wusste genau, wie schwer es war, einen Fehler einzugestehen und dabei auch noch freundlich zu bleiben. Plötzlich war jeder Ärger und jede Gereiztheit, die sie je gegenüber Víbora empfunden hatte, wie weggeblasen, und es blieb nur das Bedürfnis, sie einfach mal in den Arm zu nehmen. Aber das wäre Víbora sicher noch peinlicher gewesen, darum lächelte Marja bloß und sagte: »Gern geschehen.«

Die beiden Mädchen schwiegen einen Moment, bis Marja fragte: »Bist du wirklich sicher, dass du das allein machen willst?«

Víbora atmete tief durch. Einmal, zweimal. Dann zuckte sie die Schultern, ohne Marja anzusehen. »Ganz ehrlich? Ich weiß nicht, ob ich es will. Ich weiß es wirklich nicht. Aber ich bin die Einzige, die es machen *kann*.« Auf Víboras Gesicht glaubte Marja ein Lächeln zu erkennen, das sich allerdings scheu in ihren Mundwinkeln versteckte. »Ist schon gut, Marja. Mach dir keine Sorgen um mich. Geh du nur nach Hause. Ich tu das jetzt auch. Wir beide, wir hätten schon längst wieder bei unseren Familien sein sollen.«

Und noch ehe Marja fragen konnte, was diese rätselhafte Andeutung nun wieder bedeuten sollte, hatte Víbora sie plötzlich ganz von selbst in den Arm genommen und fest gedrückt. Sie roch nach Staub und Sonne, nach Sommerhitze und trockenem Gras – und nach Abschied. Nach einem Abschied für immer.

Für einen Moment wurde Marja die Brust eng. Aber noch bevor sie Gelegenheit bekam, wirklich traurig zu werden, ließ Víbora sie auch schon wieder los und grinste schief. Dann griff sie in ihre Hosentasche und zerrte ein Halstuch hervor. Ein rotes Halstuch – so rot, dass es sogar in der Dunkelheit leuchtete.

»Also dann, mach's gut«, sagte Víbora, als sie sich das Tuch umknotete. »Gute Reise.«

Marja nickte. »Dir auch. Und … viel Glück?«

»Wird schon klappen.« Víbora zuckte die Schultern und hob ein letztes Mal die Hand zum Gruß. Dann drehte sie sich um und schlüpfte durch das angelehnte Friedhofstor. Kurz sah Marja sie noch den Vorplatz überqueren, ein dürrer schwarzer Schemen auf dem hellen, mondbeschienenen Stein. Dann verschwand sie zwischen zwei trockenen Büschen und verschmolz mit den nächtlichen Schatten.

Die Wahrheit über Víbora

Als Marja in die Gruft der Nachtwächter zurückkehrte, schliefen die anderen Kinder schon tief und fest. Es war nicht ganz einfach, ohne Licht den Weg quer durch den vollgestopften Raum bis zu ihrer Schlafnische zu finden, ohne jemanden zu wecken. Zum Glück waren alle so erschöpft, dass sie nur leise murrten und sich auf die andere Seite wälzten, wenn Marja versehentlich mit dem Fuß gegen sie stieß. Marja war froh darüber, denn der Abschied von Víbora ging ihr unerwartet nah. Sie wollte jetzt auf keinen Fall Carina oder gar Alejandro erklären müssen, was passiert war. Das würde auch morgen noch schwer genug sein.

Endlich stolperte sie in den Kissenhaufen und wickelte sich in Nins zweitschönste Decke. Und obwohl das Bild von Víbora, wie sie in der Nacht verschwand, einfach nicht vor ihrem inneren Auge verblassen wollte, schlief sie innerhalb weniger Minuten tief und fest ein.

Die Nacht war viel zu schnell um. Als die ersten Kinder nach und nach erwachten und es in der Gruft langsam unruhig wurde, kam es Marja so vor, als hätte sie erst vor ein paar Sekunden die Augen geschlossen. Es fiel bereits erstes schwaches Tageslicht hinunter in die Gruft, und selbst mit schlafverklebten Augen konnte Marja nun die Kinder erkennen, die kreuz und quer und eng aneinandergekuschelt auf dem Boden lagen und sich allmählich zu regen begannen. Einige hatten die Köpfe zusammengesteckt und unterhielten sich – flüsternd zwar, aber in der morgendlichen Stille klang selbst das leiseste Flüstern wie ein heulender Wirbelsturm in Marjas Ohren.

Müde setzte sie sich auf und sah sich um. Sie entdeckte Alejandro und Carina, die gerade dabei waren, die Vorräte in der Ecke neben Alejandros Schlafplatz zu sortieren, vermutlich um zu sehen, ob es für sie alle zum Frühstück reichen würde. Vorsichtig stand Marja auf, stieg über die noch schlafenden Kinder hinweg und gesellte sich zu ihren Freunden.

»Oh, Marja!« Carina lächelte. »Guten Morgen!«

»Guten Morgen.« Marja rieb sich über die Augen.

Alejandro beugte sich vor, um ihr genau ins Gesicht zu sehen. »Hey, ist alles in Ordnung mit dir?« Er runzelte die Stirn. »Du siehst ja total verheult aus.«

Unwillkürlich betastete Marja ihr Gesicht. Es fühlte sich tatsächlich ein bisschen verquollen an. Und ja, wenn sie recht überlegte ... dann fühlte sie sich auch verheult, auch wenn sie ja eigentlich nur müde war. Als ihr klar wurde, was ihr noch bevorstand, fühlte sie sich außerdem noch ein bisschen krank. Aber es vor sich her zu schieben, nützte ja nichts. Es würde nur schwerer, je länger sie wartete, und sie musste es tun, bevor sie Alejandro bat, sie zu ihren Eltern zu bringen. Schließlich hatte sie es Víbora versprochen. Also atmete sie einmal tief durch.

»Ja ... oder nein. Ich meine, ich weiß nicht genau«, begann sie stammelnd. »Also, ich ... muss euch was erzählen. Ich habe gestern Nacht noch mit Víbora gesprochen.«

»Mit Víbora?« Alejandro sah sie überrascht an. »Hat sie sich wieder eingekriegt?«

»Wo steckt sie denn eigentlich?«, fiel Carina ein. »Ist sie immer noch nicht wieder hier?«

»Na ja, es ist so ...« Noch einmal versuchte Marja vergeblich, ganz ruhig durchzuatmen. »Sie ist ... also, sie ist der Hexe nachgegangen«, stieß sie dann schnell hervor. »Sie will ihr helfen, endlich Frieden zu finden. Und ihr sollt euch keine Sorgen machen. Das soll ich ...«

»Sie ist *WAS*?!«, fiel Alejandro ihr aufgebracht ins Wort.

In der Gruft wurde es mit einem Schlag mucksmäuschenstill. Wer auch immer bis jetzt noch geschlafen hatte, nun waren alle hellwach, sahen verschreckt aus großen Augen zu ihnen herüber und hielten den Atem an.

Auch Carina starrte Marja fassungslos an. »Ist das dein Ernst?«

Marja biss sich auf die Unterlippe. Ihr war klar, dass Alejandro und auch Carina sie sehr wohl verstanden hatten.

»Ich habe versucht, es ihr auszureden«, beteuerte sie stattdessen und fühlte sich dabei, als würde sie ihren Freunden ins Gesicht lügen. Denn hätte sie nicht viel mehr sagen, viel energischer auf Víbora einreden müssen, um sie aufzuhalten? Aber gestern Nacht war ihr alles, was Víbora sagte, so einleuchtend und überzeugend erschienen, dass sie selbst geglaubt hatte, es könnte eine gute Idee sein, sie den Versuch wagen zu lassen. Jetzt bei Tageslicht allerdings kam Marja sich furchtbar dumm vor.

Alejandro zog die Augenbrauen zu einem grimmigen Strich zusammen. »Und das sagst du uns erst *jetzt*?«, rief er wütend, ohne sich darum zu scheren, dass alle ihn und Marja anstarrten. »Wieso hast du mich nicht sofort geweckt, wenn du sie schon nicht selbst überzeugen konntest? Ich hätte sie noch einholen können, aber jetzt ist sie weg!« Er ballte die Fäuste. »Was hast du dir nur dabei gedacht? Erst rettest du sie, und dann lässt du zu, dass sie sich ganz allein in die

Arme der Hexe stürzt, nur weil sie es nicht ertragen kann, dass sie einen Fehler gemacht hat? Bist du wirklich so dämlich?«

»Alejandro!«, versuchte Carina beschwichtigend einzugreifen. »Hör auf damit, du bist unfair!«

Aber Alejandro hatte sich bereits zu sehr in Rage geredet, um auf sie zu hören. »Ví und ihr verdammter Stolz!«, fluchte er, griff nach einem Apfel, der zwischen den Vorräten zu seinen Füßen lag, und warf ihn wütend an die Wand. »Wie kann man nur so hundsblöd sein?«

Und diesmal, das war klar, meinte er nicht mehr Marja. Aber Marja hatte die erste Beschimpfung schon gereicht, um selbst wütend zu werden. Vielleicht hatte sie nicht ganz richtig gehandelt. Diesen Vorwurf konnte sie verstehen. Aber als dumm bezichtigen lassen würde sie sich nicht, schon gar nicht vor einem Haufen anderer Kinder, die Alejandro jedes Wort glaubten, das er sagte.

»Sie tut das, um uns zu helfen!«, rief sie, nicht weniger aufgebracht als er. »Nicht für ihren verletzten Stolz, für *uns*, begreifst du das nicht? Für uns und für alle anderen Kinder, die sie noch fangen würde, wenn wir nichts unternehmen! Oder glaubst du etwa immer noch, dass Amaia von jetzt an einfach aufhören wird?« Sie schüttelte wütend den Kopf. »Willst du etwa für immer in Angst leben, dass die Hexe dich vielleicht doch noch einmal erwischt, wenn du allein bist und auch das verdrehte Lied dir nicht helfen kann? Oder dass sie vielleicht eines Tages Esma wieder einfängt?«

Alejandro starrte sie zornig an, sein Blick funkelte, und er machte den Eindruck, als hätte er nicht übel Lust, sie am Kragen zu packen und zu schütteln. Aber hinter all der Wut sah Marja in seinen Augen auch eine Spur Zweifel. Tief in seinem Inneren wusste er, dass sie recht hatte, wie auch gestern schon Carina recht gehabt hatte mit ihrer Befürchtung. Sein Blick huschte unsicher zu seiner Schwester, die nicht weit von ihnen entfernt in einem großen Haufen Decken hockte und den Streit mit blassem Gesicht verfolgte.

»Was war ihr Plan?«, fragte er endlich und seine Stimme klang nun schon viel weniger wütend. »Weiß sie wenigstens, was sie tut?«

Marja bemühte sich sehr, ihre Wut ebenfalls herunterzuschlucken. Streit brachte sie jetzt nicht weiter, sie mussten vernünftig überlegen, was sie tun sollten. »Ich weiß es nicht«, gab sie ehrlich zu. »Sie sagte bloß, dass sie die Hexe überzeugen will, mit dem Kinderfangen aufzuhören. Und wenn das nicht klappt, will sie gleich zu uns zurückkommen. Wusstet ihr eigentlich, dass Amaias Lied bei ihr gar nicht wirkt?«

Jetzt waren Alejandro und Carina wirklich sprachlos. Sie sahen Marja mit dem gleichen entgeisterten Gesichtsausdruck an, den Marja in der Nacht selbst zur Schau getragen haben musste. Natürlich hatten sie es nicht gewusst, keiner von ihnen. Nicht einmal Diego, der doch von allen am vertrautesten mit Víbora gewesen war.

»Sie ist die Einzige von uns, die vernünftig mit Amaia reden kann – oder es zumindest versuchen kann«, fügte Marja hinzu, als ihr auch nach etlichen Sekunden nur Schweigen entgegenschlug. Irgendwie hatte sie noch immer das Gefühl, sich rechtfertigen zu müssen. »Vielleicht schafft sie es ja wirklich, sie zu überzeugen. Das ist doch einen Versuch wert, oder nicht?«

»Das Lied wirkt nicht bei ihr?« Endlich schüttelte Alejandro fassungslos den Kopf. Seine Wut schien er vergessen zu haben.

»Und du meinst, das stimmt wirklich?« Carina warf Marja einen zweifelnden Blick zu. »Vielleicht hat sie das ja auch nur gesagt, damit du sie gehen lässt.«

Marja zuckte hilflos die Schultern. An diese Möglichkeit hatte sie noch gar nicht gedacht. Das konnte natürlich ebenso gut sein, ganz gleich, wie überzeugend Víbora in der Nacht geklungen hatte. Aber für diese Erkenntnis war es nun ja sowieso zu spät.

»Sie sagte, wenn sie bis heute Mittag nicht zurück ist, sollen wir in der Taverne nach ihr sehen«, murmelte sie bedrückt. Carinas Zweifel waren irgendwie noch viel schlimmer als Alejandros Wut.

Alejandro war bei Marjas letzten Worten abrupt aufgesprungen. »Auf gar keinen Fall warten wir bis heute Mittag!«, entschied er energisch. »Wir gehen jetzt gleich. Wir müssen wissen, was mit ihr passiert ist, so schnell wie möglich. Diego, Carina und Marja, ihr kommt mit mir in die Stadt. Zu viert sollten wir notfalls gegen die Hexe ansingen können. Thais, Javier und Nin, ihr bewacht mit den Neuen die Gruft!«

Und Esma.

Alejandro sprach es nicht aus, aber Marja sah den beschützenden Blick, den er seiner Schwester zuwarf. Niemand widersprach ihm. König Alejandro saß bereits wieder fest auf seinem Thron. Wenn er sagte, dass sie Víbora suchen gehen würden, dann würden sie Víbora suchen. Sofort. Sie alle. Und das galt auch für Marja.

»Aber …«, setzte sie an und verstummte dann wieder. Es lag ihr auf der Zunge zu sagen, dass sie jetzt endlich nach Hause wollte. Sie hatte ihr Versprechen erfüllt, sie hatte Víboras Botschaft weitergegeben. War sie denn jetzt nicht endlich mal dran? Wie lange sollte sie noch warten, bis Alejandro sie endlich zu diesem Hotel führte? Er hatte ja anscheinend nicht mal darüber nachgedacht, sondern sie ganz selbstverständlich für ihren Plan zu Víboras Rettung eingeteilt. Aber sich darüber zu beschweren, kam ihr irgendwie so gemein vor, dass sie es nicht über die Lippen brachte. Stattdessen sah sie Carina nach, die aufgestanden war, ihre Sachen einsammelte und sich dann zu Thais gesellte, um mit ihr über die neuesten Entwicklungen zu flüstern. Die Brust tat ihr weh, weil sie so furchtbares Heimweh hatte wie nie zuvor in diesen wenigen

Tagen, und zugleich fühlte sie sich schrecklich mies, weil sie eigentlich doch auch fand, dass sie Víbora so schnell wie möglich helfen mussten. Außerdem wollte sie wirklich gern wissen, wie diese Geschichte ausging, sie wollte sicher sein, dass Víbora nichts zugestoßen war, nachdem sie sie hatte gehen lassen …

Aber was, wenn sie nun erst heute Abend im Hotel ankam und ihre Eltern und Paulina schon nicht mehr da waren? Der Gedanke trieb Marja die Tränen in die Augen.

In diesem Moment legte sich eine Hand auf ihre Schulter. Und als sie sich umwandte, sah sie direkt in Alejandros ernstes, schmales Gesicht.

»Ich weiß«, sagte er nur, und da wurde Marja klar, dass er sie keineswegs vergessen hatte. »Ich weiß. Du brauchst nichts zu sagen. Aber ich habe Angst, dass wir es ohne dich nicht schaffen. Verstehst du das?«

Marja schwieg. Sie wollte nicht vor Alejandro in Tränen ausbrechen.

»Es ist doch dein Lied«, redete Alejandro weiter. »Wir brauchen dich, falls Amaia wieder auftaucht. Sobald wir Ví gefunden haben, bringe ich dich sofort zu deinen Eltern, versprochen! Aber bitte – komm mit uns. Wir brauchen dich.«

Marja biss sich auf die Unterlippe. Sie konnte nicht Nein sagen. Sie brachte es einfach nicht über sich. »Du musst es schwören«, sagte sie und spürte, wie ihre Stimme zitterte. »Hoch und heilig!«

Ein Strahlen glitt über Alejandros Gesicht. »Hoch und heilig«, wiederholte er ernst und hob folgsam zwei Finger zum Schwur. »Danke, Marja. Danke.«

Und so brachen sie auf, in der flirrenden Sommersonne, die die flüchtige Kühle der Nacht längst aufgesaugt und den Vormittag wie einen zerschlissenen, ausgeblichenen Teppich liegen gelassen hatte. Sie liefen über den vorderen Teil des Friedhofs, der jetzt bei Tageslicht längst wieder den spärlichen Touristen gehörte, von denen keiner die schmutzigen Straßenkinder beachtete – außer vielleicht, um seinen Rucksack ein wenig fester an die Brust zu drücken. Sie huschten durch die lebhaften Straßen von Poblenou und drängten sich schließlich in die vollgestopfte Metro Richtung Stadtzentrum.

Je näher sie dem *Barrio Gótico* kamen, desto nervöser wurde Marja, und sie wusste schon bald nicht mehr, ob sie sich wegen der Hitze so fiebrig fühlte oder doch wegen der Aufregung.

Allein hätte sie den Weg zur Taverne wohl niemals wiedergefunden, doch Alejandro lief mit schlafwandlerischer Sicherheit durch die engen Gassen. Marja ertappte sich dabei, dass die hohen, alten Gebäude noch immer eine unausweichliche Faszination auf sie ausübten und dass sie sich immer wieder zwingen musste, den Blick von den verwinkelten Giebeln und Fenstern, den verwitterten Gesichtern der Wasserspeier und den geschwungenen Balkonen loszureißen.

Alejandro, Carina und Diego hingegen schienen blind dafür zu sein und eilten hindurch, wie Marjas Mutter durch einen Supermarkt gerannt wäre.

Endlich bogen sie in eine Gasse ein, die Marja wiedererkannte. Ihr Herz schlug schneller. Genau hier, an dieser Ecke, hatte sie gestanden, als sie den beiden Mädchen nachgelaufen war. Und dort – dort war auch die Taverne, die sich zwischen zwei hohe Häuser drängte, als wolle sie sich dazwischen verstecken. *Die Taverne der weinenden Dame*. Vor ein paar Tagen hatte Marja den Namen noch nicht verstanden. Aber jetzt löste allein der Anblick des verwitterten Schildes eine seltsame Traurigkeit in ihr aus. Hatte es da auch schon so alt und schmutzig ausgesehen? Und hatte die Taverne wirklich so einen verlassenen Eindruck gemacht? Oder sah das nur jetzt bei Tageslicht so aus? Überhaupt war die ganze Gegend bei Tag betrachtet ziemlich trostlos und heruntergekommen. Nur wenige Menschen waren hier unterwegs – jetzt zur Siesta erst recht. Die Gasse schien höchstens als Durchgang zu dienen, um in die schöneren, für Touristen interessanteren Teile des *Barrio Gótico* zu kommen.

Vorsichtig näherten sich die vier Kinder dem Gebäude. Alejandro gab Diego und Carina ein Zeichen, und die beiden machten sich auf, das Gebäude von rechts und links zu umrunden, während Alejandro und Marja die Vorderseite untersuchten.

Die Tür zum Schankraum war geschlossen und mit

einem Gitter gesichert. Die Scheiben der Fenster rechts und links waren blind vor Staub und drinnen war es dunkel. Marja konnte überhaupt nichts erkennen, abgesehen von den undeutlichen Umrissen einiger Tische, auf denen umgedreht die Stühle standen.

Sie warf einen Blick zu Alejandro, der gerade durch eines der anderen Fenster spähte, doch er schien auch nicht mehr zu sehen. Er erwiderte ihren Blick, breitete die Hände aus und zuckte die Schultern.

Ein paar Sekunden später tauchten auch Carina und Diego wieder auf und gesellten sich zu ihnen. Ihre Gesichter wirkten ähnlich ernüchtert wie die von Marja und Alejandro.

»Nichts zu sehen«, berichtete Carina und Diego nickte zustimmend. »Sie kann sonst wo sein. Die Kellertür ist auch mit einem Gitter verschlossen. Da kommen wir diesmal nicht rein.«

»Was machen wir jetzt?«, fragte Marja ratlos.

Alejandro grübelte eine Weile düster vor sich hin. Schließlich fluchte er leise. »Wir *müssen* da aber rein«, sagte er wütend und zog ein Messer aus der Tasche. »Ganz egal, wie.«

Damit ging er zum Fenster rechts neben der Eingangstür hinüber, schob die Messerklinge zwischen die Flügel und begann, den Verschluss aufzuhebeln.

»Alejandro!«, zischte Carina warnend und sah sich nervös um, machte aber keine Anstalten, ihn aufzuhalten. Stattdessen stellte sie sich neben ihn, um ihn zumindest notdürftig gegen Blicke abzuschirmen, und beobachtete wachsam die Straße. Diego verstand sofort und positionierte sich auf der anderen Seite.

Auch Marja trat näher an das Fenster heran und warf einen Blick über Alejandros Schulter. Das Schloss zu öffnen, schien gar nicht so einfach zu sein, er schwitzte und schimpfte leise, und mehr als einmal sah es so aus, als würde die Klinge einfach abbrechen. Außerdem machte es kratzige, hässliche Geräusche, die in der engen Gasse unangenehm laut klangen. Marjas Magen begann aufgeregt zu kribbeln. Es waren zwar im Augenblick keine Leute in der Nähe, und an den umstehenden Häusern waren die meisten Fensterläden geschlossen, um die steigende Hitze auszusperren, aber wenn nun zufällig doch jemand vorbeikam oder nach draußen schaute und sah, dass sie dabei waren, am helllichten Tag in ein geschlossenes Wirtshaus einzubrechen? Die würden doch sofort die Polizei rufen!, dachte Marja nervös. Gab es nicht noch einen anderen Weg oder zumindest einen, den man von der Straße aus nicht sehen konnte?

Doch in diesem Moment krachte es einmal laut und hässlich und das Fenster der Schankstube schwang nach innen.

»Los!«, zischte Alejandro und kletterte auf das Fensterbrett und von dort in den dämmrigen Schankraum. Marja, Carina und Diego beeilten sich, ihm zu folgen.

Kaum waren sie alle drin, schob Alejandro eilig das

Fenster wieder zu, füllte einen schweren Bierkrug mit Wasser und schob ihn vor den Fensterflügel, sodass er nicht durch einen unerwarteten Luftzug wieder aufgedrückt werden konnte.

Zu viert standen sie schließlich in der Mitte des Schankraums und lauschten. War Amaia hier irgendwo? Oder Víbora? Das Haus schien verlassen, leer bis auf die Stille, das Dämmerlicht und den Staub, der darin tanzte.

»Wir durchsuchen das Gebäude von oben bis unten.« Alejandro hatte die Stimme zu einem Flüstern gedämpft, so leise, dass Marja ihn selbst aus nächster Nähe kaum verstehen konnte. »Bleibt dicht zusammen!«

Die anderen nickten. Hintereinander schlichen sie zur Tür neben der Theke, die aus dem Schankraum heraus und tiefer ins Haus führte.

Doch sie kamen nicht weit.

Direkt vor der Tür blieb Alejandro abrupt stehen und machte ein Geräusch, das sich halb wie ein Keuchen, halb wie ein Schluchzen anhörte.

»Oh mein Gott!«, sagte Carina fast im gleichen Moment.

Marja trat näher, versuchte, über Carinas Schulter zu spähen, und drängte sich schließlich zwischen sie und Alejandro, um zu sehen, was die beiden so erschüttert hatte.

Im dunklen Holz der Tür steckte Víboras Messer mit

dem Knochengriff. Es heftete einen Zettel an die Tür, auf dem nur wenige Worte in krakeliger Handschrift standen:

Macht euch keine Sorgen.
Ich bringe sie nach Hause, für immer.
Danke für alles.

Luisa

Es war dunkel in der Kammer, in die sich Amaia zurückgezogen hatte. Dunkel und kalt. Aber sie bemerkte es kaum. Ihre ganze Welt war dunkel und kalt, seit dem Tag, an dem sie ihre Töchter verlor und selbst im Fluss ertrank. Sie hatte nicht sterben können – wenigstens nicht ganz. Ihr Körper war im schlammbraunen Wasser versunken, aber ihr Geist klammerte sich mit aller Kraft ans Diesseits. Auch jetzt noch. Nach so vielen Jahren. Amaia weigerte sich zu gehen, ehe sie nicht ihre Kinder gefunden hatte oder zumindest die Gewissheit, dass sie wirklich tot waren. Dass sie ihren Frieden gefunden hatten.

Ihre Töchter, ihre Engel. Luisa und Sol. Wohin waren sie nur gegangen? Und wie war sie selbst an diesen Ort geraten, einsam und allein?

Sie hatten sie verlassen. Die Verlorenen Kinder, die sie über die Jahre hinweg um sich geschart hatte, sie waren alle fort. Amaia vermisste sie, doch zugleich berührte es sie nur wenig. Sie waren ohnehin nur ein schwacher Trost gewesen, ein kümmerlicher Ersatz für das, was ihr wirklich fehlte. Es wurde Zeit, dachte sie. Zeit, Barcelona zu verlassen und eine andere Stadt aufzusuchen, ein neues Heim, in dem sie sich mit neuen Kindern umgeben konnte, immer in der Hoffnung, ihre Töchter würden vielleicht eines Tages unter ihnen sein.

Als die Tür sich öffnete, schreckte Amaia auf. Helles Licht fiel herein, strahlender, als sie die Sonne jemals gesehen hatte. Es blendete sie, versengte ihre Augen, die so lange immer nur in die Finsternis geblickt hatten. Und trotzdem erkannte sie das Mädchen, das in den Strahlenkranz getreten war, klar und deutlich. Die Kleine mit den vielen Zöpfen. Amaia hatte sie auf dem Friedhofsvorplatz bei Alejandro gesehen. Um den Hals trug sie einen Schal, im goldenen Dämmerlicht rot wie Blut.

»Sol …?« Amaias Stimme versagte. Sie fürchtete sich davor, es zu glauben, wagte nicht, es zu hoffen, und konnte doch nichts dagegen tun, dass die Hoffnung sie wie eine gewaltige Welle überschwemmte.

Die dunklen Augen sahen direkt in sie hinein. Kinderaugen, klar und unschuldig. Und doch so alt. So unendlich traurig.

»Nein«, flüsterte das Mädchen. »Ich bin es.«

Und Amaia erkannte sie. Nicht Sol. Sondern Luisa. Die große Schwester.

Tränen stiegen Amaia in die Augen. Jahrhunderte waren gekommen und gegangen. Tausende Tage hatte sie verglühen sehen, Tausende Kinder hatte sie gefunden und wieder gehen lassen. Sie hatte nicht mehr daran geglaubt, begriff sie. Sie hatte nicht mehr geglaubt, dass dieser Moment jemals kommen würde. Und trotzdem war Luisa nun hier, direkt vor ihr, nicht einen Tag gealtert seit jenem schrecklichen Unglück.

»Meine Kleine …« Amaia streckte eine zittrige Hand nach ihrer Tochter aus.

Doch Luisa zögerte. Auch in ihren Augen standen Tränen. »Es tut mir leid … Es tut mir so leid, Mutter. Ich habe nicht auf Sol aufgepasst. Meinetwegen ist sie in den Fluss geraten. Ich wollte sie retten, aber … aber …« Nun stürzten ihr die Tränen die Wangen hinab und malten helle Spuren der Verzweiflung auf die schmutzige Haut. »Ich habe sie festgehalten«, wisperte sie, »so lange ich konnte. Aber ich bin ohnmächtig geworden, und als ich aufgewacht bin, an unserem Strand, war sie fort. Ich glaube … Mutter, sie ist zu den Sternen gegangen. Sol ist zu den Sternen gegangen und es ist meine Schuld!«

Amaia hielt die Entfernung zwischen ihnen nicht mehr aus. Ohne noch einen Augenblick zu zögern, trat sie auf Luisa zu und schloss sie fest in die Arme. »All die Jahre. All die Jahre warst du ganz allein. Luisa, mein Liebstes, wieso? Wieso bist du nicht zu mir gekommen?«

»Ich hatte Angst«, flüsterte Luisa, das nasse Gesicht fest gegen Amaias Hals gedrückt. »Ich dachte, du würdest mich hassen. Deswegen habe ich mich versteckt. Ich wollte nicht, dass du mich findest.«

Amaia drückte ihre Tochter noch ein wenig fester an sich. »Niemals«, schwor sie, »niemals könnte ich dich hassen, mein Herz. Niemals!«

Luisa lächelte ein winziges Lächeln. Amaia konnte es nicht sehen, aber sie spürte, wie sich ihre Mundwinkel verzogen. Wie lange, dachte sie, hatte sie dieses Lächeln vermisst?

»Es tut mir so leid«, wiederholte Luisa und schniefte leise. Ihre kleine Hand verfing sich in den wirren Haaren, die über Amaias Rücken fielen. Schwer lag ihr Kopf auf Amaias Schulter, als sie sich eng an sie schmiegte.

»Meine Kleine …« Immer wieder strich Amaia ihrer Tochter über den Rücken. Ihr Verstand wollte noch immer nicht begreifen, dass ihre ewige Suche nun endlich ein Ende gefunden haben sollte. Doch als Luisa den Kopf hob, sah Amaia in ihren Augen ihr eigenes Spiegelbild. Einen verzerrten Schatten der glücklichen, lebensfrohen Frau, die sie einmal gewesen war. So viel Leid und Unglück hatte sie gebracht, über all die Kinder, die sie gefangen hatte, und vor allem über sich selbst.

Aber es war vorbei. Alles war vorbei. Sie hatte Luisa gefunden, und sie spürte, dass es stimmte, was ihre ältere Tochter sagte: Sol war seit vielen Jahren bei den Sternen. Auch Luisa würde bald einer werden. Schon jetzt konnte Amaia das Sternenlicht in ihren Augen leuchten sehen.

Die Schatten, die sie so lange begleitet hatten, wichen, als sie Luisa ein letztes Mal in die Arme schloss. In ihr wurde es leicht und warm. Sie konnte gehen, begriff sie, endlich gehen. Es war endlich zu Ende. Sie war gerettet. Und sie war geliebt.

Zurück nach Hause

»Luisa ...?«, flüsterte Alejandro und starrte auf den Zettel, als könnte er ihm so noch mehr entlocken. Als würden allein durch seinen bohrenden Blick mehr Buchstaben auftauchen, ihm irgendeinen Hinweis geben, der dieses Rätsel erklärte.

Irgendwann riss er mit einer ungeduldigen Bewegung das Messer aus der Tür. Der Zettel segelte zu Boden. »Wir bleiben bei unserem Plan«, bestimmte er. Aber jedes seiner Worte zitterte vor Anspannung. »Wir durchsuchen das Haus, von oben bis unten. Jedes Zimmer. Vielleicht ist sie noch irgendwo.«

Aber seine Stimme verriet, dass er selbst nicht daran glaubte. Das Wirtshaus war verlassen. Hier war niemand mehr, nicht Víbora – oder Luisa – noch Amaia, die weinende Dame, die *Llorona*, vor der sie sich so lange versteckt hatten. Sie waren fort. Und niemand von ihnen wollte sich auf eine Suche machen, von der sie längst wussten, dass sie erfolglos sein würde.

Mehrere schreckliche Minuten lang standen sie schweigend und unschlüssig nebeneinander vor der verschlossenen Tür – bis Marja plötzlich der rettende Gedanke kam.

»Hey – warum benutzen wir nicht den Spiegel?«, schlug sie vor. »Du hast gesagt, durch ihn kann man jeden in der ganzen Stadt sehen. Wenn sie noch in Barcelona sind, dann können wir sie so doch finden!«

Alejandros Gesicht leuchtete augenblicklich auf. »Großartige Idee!« Er klopfte Marja auf die Schulter. »Du bist eben doch ein Genie.«

Gemeinsam liefen sie, so schnell sie konnten, die Treppen hinauf und die verlassenen Flure des Gasthauses entlang, bis sie zu der Stiege kamen, die auf den Speicher hinaufführte. Alejandro kletterte ohne zu zögern voran, dann folgten Marja und Carina und schließlich Diego.

Ein wenig außer Atem standen sie kurz darauf vor dem großen Spiegel. Fast war Marja enttäuscht, dass er, genau wie das Gasthaus selbst, bei Tag viel weniger imposant aussah als bei Nacht. Es war einfach nur ein alter, vor Staub fast blinder Spiegel, von dessen verkratztem Rahmen schon der Lack abblätterte. Er hatte nichts Magisches, rein gar nichts.

Und nur einen Moment später fiel Marja auch wieder ein, warum das so war.

»Mist«, sagte sie laut und ihre Schultern sackten enttäuscht nach unten. »Das hatte ich vergessen. Der Spiegel funktioniert doch nur bei Mondlicht.«

An der Art, wie die Gesichter ihrer Freunde immer länger wurden, erkannte sie, dass sie genauso wenig daran gedacht hatten.

»Ach, verdammt!«, fluchte Alejandro und trat frustriert nach einer morschen Kiste, die unter dem kleinen Giebelfenster stand. »Aber wir können auf keinen Fall bis heute Nacht warten! Bis dahin hat die Hexe Ví längst über alle Berge verschleppt! Wir müssen irgendwie vorher herausfinden, wo sie ist!« Er wandte sich ärgerlich an den Spiegel. »Du blödes Ding! Kannst du nicht einmal eine Ausnahme machen und uns sagen, wo Amaia und Víbora sind?«

Er hatte kaum ausgesprochen, als Carina plötzlich erschrocken Luft einsog.

»Habt ihr das gesehen?«

»Was?« Alejandro warf ihr einen verwirrten Blick zu. Und auch Marja und Diego sahen Carina verwundert an.

Aber Carina schüttelte nur den Kopf und trat näher an den Spiegel heran. »Als du den Namen der Hexe gesagt hast, hat sich der Spiegel bewegt! Ich bin mir ganz sicher!« Sie neigte sich vor, bis ihre Nase fast das Spiegelglas berührte. »Sag mir, wo Amaia ist!«, bat sie mit eindringlicher Stimme.

Und tatsächlich: Beim Klang von Amaias Namen lief

ein Zittern über das Glas, wie Wellen über einen glatten Teich, in den man einen Kiesel wirft. Im alten Holz des Rahmens war ein Ächzen und Knacken zu hören, als ob jemand weit entfernt etwas flüsterte. Doch schnell wurde es wieder leiser und auch die Wellen verschwanden.

Konnte das etwa sein? Konnte es sein, dass der Name der *Llorona* den Spiegel auch am Tag wecken konnte? Marjas Herz klopfte aufgeregt bei dem Gedanken.

»Bitte!«, sprang sie Carina bei und machte ebenfalls einen Schritt auf den Spiegel zu. »Wo ist Amaia? Und Víbora, wo ist Víbora? Bitte, lieber Spiegel! Hilf uns!«

Wieder vibrierte der Spiegel beim Klang von Amaias Namen. Aber mehr als das Knacken und Flüstern schien er dennoch nicht verraten zu wollen. Marja wollte schon frustriert aufgeben – da schob sich plötzlich Diego nach vorn.

»Nicht Víbora«, sagte er in seiner ruhigen, bestimmten Art. »Luisa. Wir sind auf der Suche nach Amaia und Luisa.«

Und als hätte er den Spiegel wütend angeschrien, ertönte im Holz des Rahmens nun erneut ein Knacken, so laut, dass es fast ein Krachen war. Es hörte sich an, als würde ein dicker Ast entzweibrechen. Über das Spiegelglas glitten nun keine Wellen mehr. Stattdessen zogen sich Tausende haarfein verästelter Risse hindurch, als hätte man einen Stein nicht in einen See, sondern auf dünnes Glas oder Eis geworfen. Die

Risse wuchsen rasch und überzogen den Spiegel wie mit einem Spinnennetz. Carina keuchte erschrocken auf und zog hastig ihre Nase vom Spiegel zurück – gerade in letzter Sekunde, ehe das Glas in unzählige winzige Splitter zersprang. Marja riss die Arme hoch, um ihr Gesicht vor den Scherben zu schützen.

Doch die Scherben trafen sie nicht. Sie hörte nicht einmal etwas zu Boden fallen.

Vorsichtig blinzelte Marja unter ihrem Ellbogen hindurch – und ließ erstaunt den Arm sinken. Der Spiegel war gar nicht kaputt. Es schien nur eine Schicht zerbrochen zu sein, die unter der realen Oberfläche gelegen und die Sicht versperrt hatte – die Sicht auf ein Meer aus Sternen, die in einem unendlichen Universum funkelten. Drei von ihnen leuchteten besonders hell. Und als Marja genauer hinsah, hatte sie sogar das Gefühl, dass einer dieser drei ihr spöttisch zuzwinkerte.

Hey, Marja. Siehst du, ich bin zu Hause, glaubte sie, Víboras Stimme in ihrem Kopf zu hören – Víbora, die eigentlich Luisa war, Amaias Tochter. *Bei meiner Familie, wie ich's dir gesagt habe. Und was ist mit dir? Was stehst du da noch so blöd rum?*

Marja sah zu Alejandro, Carina und Diego, die ebenfalls mit offenem Mund dastanden und fasziniert die Sterne beobachteten, die Amaia und ihre zwei Töchter darstellen mussten. Keiner von ihnen schien gehört zu haben, was Marja gehört hatte. Aber das machte auch nichts. Sie alle wussten genau, was sie da sahen. Und sie begriffen nun auch, was mit der *Llorona* und Víbora passiert war. Sie waren bei den Sternen. Und alles war nun endlich wirklich gut.

Ein trauriger Abschied und ein Happy End

Nach einer endlosen Weile, als sie genug gestarrt und gestaunt hatte, wagte Marja es, ihren Blick von dem Sternenmeer im Spiegel zu lösen und das ehrfürchtige Schweigen zu brechen, das über sie alle gefallen war.

»Sie sind jetzt glücklich«, sagte sie und musste sich gleich räuspern, weil ihre Stimme so belegt klang. »Alle beide.«

Carina nickte. In ihren Augenwinkeln glitzerten kleine Tränen. »Ja. Sie kommt wohl nicht zurück«, stimmte sie zu, auch wenn nicht ganz klar war, ob sie von Víbora sprach oder von Amaia.

Marja schaute noch einmal in den Spiegel und blinzelte überrascht. Sie hatte nur eine Sekunde nicht hingesehen und das Bild von den Sternen war verschwunden. Zurück blieben nur eine staubblinde Scheibe in einem verwitterten Rahmen und ein bisschen Enttäuschung.

Alejandro hatte sich bisher nicht gerührt und auch nichts gesagt, auch zu Marjas und Carinas Bemerkungen nicht. Reglos stand er im Sonnenlicht, mitten zwischen tanzenden Staubflocken, und starrte auf den alten Spiegel, den Kopf leicht schräg gelegt, als würde er lauschen. Vielleicht sah er noch immer das Fenster in dem nächtlichen Sternenhimmel, vielleicht sah er noch immer Víboras Licht, wie es ihm zuzwinkerte, während der Zauber für alle anderen schon längst vorbei war.

Dann aber ging plötzlich ein Ruck durch seinen Körper, und wie von einer Wespe gestochen, rannte er los und war schon halb die Stiege hinunter, ehe Marja, Carina oder Diego überhaupt begriffen, was geschah.

»Alejandro!«, rief Carina und lief ihm nach. »Warte doch mal! Wo willst du denn hin?«

Aber Alejandro hörte nicht auf sie. Er polterte die Treppen hinunter und durch den Flur in den Schankraum. Marja, Diego und Carina beeilten sich, ihm nachzukommen.

Ohne zu zögern, verschwand Alejandro hinter der Theke, riss eine Schublade unter der Kasse heraus und steckte den Arm tief hinein. Ein triumphierendes Leuchten ging über seine Züge. »Ha!«, machte er und streckte den Arm in die Höhe.

In seiner Hand blitzte ein Schlüsselbund.

Marja, Carina und Diego wechselten überrumpelte Blicke.

»Ist das etwa …«, begann Marja.

Alejandro nickte begeistert. »Die Schlüssel zur Taverne!«, jubelte er. »Ví hat mir eben zugeflüstert, wo sie sind, und sie hatte recht! Die Taverne gehört jetzt uns, kapiert ihr das? Ein ganzes Haus! Für uns!«

Es dauerte einen Moment, bis seine Worte zu den anderen durchdrangen. Aber dann stieß Carina einen entzückten Laut aus. Sie umarmte erst Diego, dann Marja und stürzte schließlich auf Alejandro zu, fiel ihm um den Hals und drückte ihn so fest, dass er kaum noch Luft bekam. Die Traurigkeit über Víboras Abschied schien für den Moment vergessen. »Ein Haus«, wiederholte sie, als könnte sie es noch nicht glauben. »Ein echtes Zuhause! Hier können wir alle wohnen, sogar die neuen Kinder!«

»Genau!«, bekräftigte Alejandro und strahlte. »Mit Betten und Kaminöfen und Küche und überhaupt!«

Ja, dachte Marja. Es war wirklich perfekt. Zumal ihr nun auch Alejandros Erklärung wieder einfiel: Die Taverne war magisch. Nur die Verlorenen Kinder konnten sie sehen, solange sie Amaia gehörte. Und jetzt gehörte sie den Nachtwächtern. Niemand würde sie hier finden, wenn sie es nicht wollten, denn für alle anderen war es nur ein altes, verlassenes Haus.

Auch Diego sah glücklich aus. Er sah sich um, mit einem Stolz in den Augen, als gehöre die Taverne ihm schon seit Ewigkeiten. Marja konnte nicht anders, als bei so viel Freude einfach mitzulachen und mitzutanzen, als Carina mit ausgebreiteten Armen durch den Raum flog.

»Wir müssen es gleich den anderen sagen!«, brachte Carina schließlich atemlos hervor. »Wir müssen die Sachen herbringen und Zimmer verteilen und …« Sie verstummte, als Alejandro ihr eine Hand auf die Schulter legte. »Was ist denn? Was ist los?«

Alejandros Gesicht war auf einmal wieder ernst. »Nichts, es ist alles in Ordnung, keine Sorge. Aber ich denke, bevor wir unseren Umzug planen, sollten wir …«, er sah zu Marja und lächelte schief, »sollten wir endlich Marja zurück zu ihren Eltern bringen.«

Das Leuchten auf Carinas Gesicht verblasste schlagartig. Ihre Schultern sanken herab und ihre Augen wurden traurig. »Ach ja«, sagte sie leise. »Du hast ja recht.«

Alejandro legte tröstend den Arm um sie. Auch er sah ein wenig bedrückt aus, ebenso wie Diego. Der Anblick ihrer traurigen Gesichter tat Marja im Herzen weh, obwohl sie zugleich am liebsten Freudensprünge gemacht hätte. Alejandro hatte sein Versprechen nicht vergessen! Sie kam endlich zurück, zurück zu ihren Eltern und zu Paulina! Bei dem Gedanken wurde ihr fast schwindelig vor lauter Erleichterung. *Nach Hause, nach Hause,* sang eine Stimme in ihrem Kopf. *Endlich nach Hause!*

»Ach, es tut mir leid. Ich ... ich würde wirklich gern bei euch bleiben«, versuchte sie, ihren Freunden das Gefühlschaos, das in ihr tobte, zu erklären. »Aber versteht ihr, noch lieber möchte ich nach Hause. Ich muss zu meiner Familie!«

Carina presste die Lippen zusammen und nickte. »Natürlich«, flüsterte sie. »Das musst du.«

Sie klang so unglücklich dabei, dass Marja nicht anders konnte, als sie einmal fest in den Arm zu nehmen. Dann griff sie kurz entschlossen in die Tasche, zog ihren MP3-Player heraus und drückte ihn Carina in die Hand. »Hier, der ist für dich. Wenn du den eintauschst, kannst du bestimmt eine Menge Kuchen dafür kaufen.«

Trotz aller Traurigkeit musste Carina lachen. Sie schüttelte den Kopf und schloss die Hand fest um den MP3-Player. »Den behalte ich für immer. Als Erinnerung an dich.« Damit nahm sie Marja noch einmal in den Arm und drückte sie. »Danke. Vielen Dank. Mach's gut, ja?«, sagte sie, und Marja hörte, wie tapfer sie die Tränen zurückdrängte. »Diego, wir gehen am besten schon mal zurück zum Friedhof. Es reicht ja, wenn Alejandro Marja zu ihrer Familie bringt.«

»Wie, ihr wollt nicht mitkommen?« Alejandro sah sie entrüstet an. »Was seid ihr denn für Freunde? Freut euch doch auch mal für sie!«

Aber Marja schüttelte abwehrend den Kopf. Sie wusste, dass Carina sich und auch ihr den Abschied nicht unnötig schwer machen wollte, und dafür war sie ihr dankbar.

»Ist schon okay«, sagte sie und bemühte sich um ein Lächeln, obwohl die Traurigkeit in diesem Augenblick mehr und mehr die Oberhand über die Freude auf ihre Familie gewann. »Es reicht mir, wenn du mitkommst, Alejandro.«

Alejandro runzelte kritisch die Stirn, widersprach aber nicht weiter. »Na schön. Dann treffen wir uns eben später wieder hier. Seht zu, dass ihr nichts in der Gruft vergesst, hört ihr?«

»Wir sind ja nicht blöd«, entgegnete Carina ein bisschen schnippisch. »Komm, Diego.«

Sie winkte Marja nicht noch einmal. Sie sah nicht einmal zurück, als sie das Fenster öffnete, durch das sie hereingeklettert waren, und auf die Straße verschwand. Nur Diego klopfte Marja etwas unbeholfen auf den Rücken. »Pass auf dich auf«, sagte er und zum ersten Mal erschreckte Marja sich nicht vor dem unerwarteten Klang seiner Stimme.

»Danke«, antwortete sie und lächelte. »Du auf dich auch. Grüß Thais und Nin und Javier von mir, ja?«

Diego nickte ernst. Und dann war auch er durch das Fenster geklettert und nicht mehr zu sehen. Marja war mit Alejandro allein.

Der allerdings ließ sich nicht anmerken, wie traurig er wirklich war. Stattdessen grinste er breit und ließ den Schlüssel vor Marjas Nase baumeln.

»Also«, sagte er und klang eigentlich ganz fröhlich dabei. »Wollen wir mal ausprobieren, ob der funktioniert?«

Durch die Gassen Barcelonas zum Hotel zu laufen, fühlte sich für Marja in vielerlei Hinsicht so an, als würde sie etwas zum letzten Mal tun. Zum letzten Mal den Zauber der hohen Gebäude auf sich wirken lassen, zum letzten Mal Alejandros Schritten lauschen. Zum letzten Mal aufpassen, im Gedränge auf den *Ramblas* nicht den Anschluss zu verlieren, und zum letzten Mal die tausend Lieder Barcelonas genießen. Es machte sie tieftraurig und zugleich wollte ihr Magen vor freudigem Kribbeln fast explodieren.

Im Schatten eines Zeitschriftenstandes direkt neben einem kleinen Restaurant blieb Alejandro schließlich stehen. Und als Marja sich umsah, erkannte sie, dass sie gar nicht weit von der Stelle entfernt waren, an der sie vor vier Tagen ihre Eltern verloren hatte. Tatsächlich, dort drüben, fast hinter einer Traube aus Zuschauern versteckt, war sogar wieder die Engelspantomimin mit der bronzefarben bemalten Haut. Und da war auch der Blumenkübel, auf dem Marja gestanden und verzweifelt Ausschau nach ihrer Familie gehalten hatte. War das wirklich erst ein paar Tage her? Marja kam es vor wie ein ganzes Leben.

Alejandro deutete quer über die *Ramblas* auf die andere Seite. Jenseits der Straße erhob sich ein altes, schnörkelverziertes Haus, das Marja sofort erkannte: Sie hatte es vor zwei Nächten deutlich im Mondlichtspiegel gesehen. HOTEL stand in großen Buchstaben vor dem Giebel.

»Da ist es«, sagte Alejandro. »Den restlichen Weg findest du ja wohl allein.« Seine Stimme klang nun doch ein wenig zittrig und verriet, dass sogar ihm der Abschied naheging.

Und auch Marja begriff, jetzt wo ihre Trennung so unmittelbar bevorstand, dass sie Alejandro und seine Nachtwächter vermutlich niemals wiedersehen würde. Sie nickte und versuchte vergeblich, den Kloß herunterzuschlucken, der sich bei dem Gedanken in ihrem Hals bildete.

»Ja, klar. Kein Problem. Danke ... für alles«, murmelte sie und trat verlegen von einem Fuß auf den anderen. Sie wusste nicht recht, wie sie sich nun verabschieden sollte. Bei Carina war es ganz einfach gewesen, sie zu umarmen. Bei Alejandro aber traute sie sich das nicht recht, obwohl sie gar nicht hätte sagen können, warum. »Ich werde euch bestimmt nie vergessen.«

Alejandro grinste schief. »Das glaube ich auch nicht.« Er räusperte sich. »Hör mal, wenn du jemals wieder in Barcelona sein solltest, dann besuch uns doch, ja? Du weißt ja jetzt, wo du uns findest.«

Marja nickte. Ganz sicher war sie sich zwar nicht, dass sie die alte Taverne auf eigene Faust wiederfinden würde, aber selbst wenn nicht, konnte sie sich immer noch von Alejandro finden lassen oder von Carina. »Ich komme wieder«, versprach sie deshalb einfach. »Ganz bestimmt.«

Alejandro lächelte. »Ich nehme dich beim Wort.«

Und nun musste Marja ihn doch umarmen, egal was er davon halten mochte. Und Alejandro schob sie nicht weg oder machte sich steif, im Gegenteil. Er drückte Marja so innig, wie sie ihn bisher nur Esma hatte umarmen sehen.

»Bis bald«, murmelte er dicht an ihrem Ohr. »Wir warten auf dich. Versprochen.«

Dann ließ er sie los und wischte sich mit einer etwas gereizten Handbewegung über die Augen. Das war es also. Ein einziges Mal klopfte er ihr noch auf die Schulter. Dann schob er sie nachdrücklich in Richtung Hotel.

Die ersten Schritte auf den *Ramblas* ohne Alejandro waren wirklich seltsam. Marja spürte seinen Blick auf sich, während sie auf das Hotel zulief, und sie wusste, wenn sie sich noch einmal umgedreht hätte, hätte sie ihn dort neben dem Zeitschriftenstand stehen sehen, wie er ihr nachsah. Sich versicherte, dass sie auch wirklich heil bei ihrer Familie ankam. Marja war plötzlich ganz elend zumute, fast ebenso elend wie in dem Moment, als sie begriffen hatte, dass sie ihre Eltern nicht wiederfinden konnte. Obwohl sie sich doch hätte freuen sollen, kullerten ihr immer mehr Tränen aus den Augen, die Nase lief, und ab und zu stieg ein kleines Schluchzen die Kehle hoch. Im Laufen rieb sie sich mit der Hand die Tränen aus den Augen und wischte mit dem schmutzigen Zipfel ihres T-Shirts die Nase ab. Und erst als sie schon direkt vor dem Hotel stand und nur noch ein paar Stufen sie von dem Eingang trennten, drehte sie sich ein letztes Mal um.

Alejandro wartete noch immer. Ein schiefes Grinsen lag auf seinem Gesicht, das genauso traurig aussah, wie Marja sich fühlte. Er hob die Hand zum Abschiedsgruß und auch Marja winkte und lächelte tapfer. Dann wandte sie sich endgültig ab.

Die Glastür zum Foyer des Hotels glitt mit leisem Zischen auseinander, als Marja auf zittrigen Beinen die Treppe hinaufstieg. Der Portier hinter dem Empfangstresen staunte nicht schlecht, als ein staubbedecktes Mädchen mit verstrubbelten Haaren, sonnenverbrannten Wangen und verheulten Augen in seine Eingangshalle stolperte. Aber Marja ließ sich davon nicht beirren, auch wenn sie das Pochen ihres Herzens inzwischen bis unter die Zunge spüren konnte.

»Entschuldigung!« Sie stellte sich auf die Zehenspitzen, um besser über den Tresen hinwegsehen zu können. »Ich bin Marja Becker, ich suche meine Eltern!«

Der Portier sah sie einen Moment lang verwirrt an. Dann aber hellte sich seine Miene auf. *»¿ Te llamas Marja Becker?«*, fragte er. Marja brauchte einen Moment, um zu verstehen, doch dann fielen ihr Alejandros Worte wieder ein: Sie hatte die Nachtwächter problemlos verstehen können, weil sie Amaias Essen gegessen hatte. Für alle anderen Spanier galt das leider nicht.

Aber eigentlich machte das auch nichts, denn dem Portier hatte scheinbar ihr Name gereicht. Er telefonierte bereits und bedeutete Marja dabei immer wieder mit eindringlichen Handzeichen, bloß nicht wegzulaufen. Dabei wäre Marja das nicht im Traum eingefallen. Dann endlich legte er auf und begann, auf Marja einzureden. Er schien selbst überglücklich, sie zu sehen, so viel begriff sie, auch wenn sie ansonsten kein Wort verstand.

Doch dann öffneten sich mit einem leisen Klingeln die Türen des Fahrstuhls – und ab diesem Moment war sowieso alles egal.

Ihre Mutter. Ihr Vater. Und Paulina. Da waren sie, alle drei, genau wie Marja sie in Erinnerung hatte! Sie stürzten auf Marja zu, umarmten, drückten und herzten sie, bis sie kaum noch Luft bekam, und weinten vor Freude und Erleichterung.

Marja aber lachte. Sie lachte laut und glücklich, lachte, bis auch ihre Eltern lachen mussten und selbst die verwirrte Paulina mit einstimmte.

Es war vorbei. Es gab keinen Grund mehr zu weinen. Sie war zu Hause, endlich zu Hause. Denn zu Hause, das wusste Marja jetzt besser als je zuvor, war dort, wo man geliebt wurde.

»Dass du wieder da bist!« Marjas Mutter streichelte ihr immer und immer wieder über den Kopf und konnte es noch gar nicht glauben. »Dass du wirklich wieder da bist!«

Marja strahlte sie an. Noch nie in ihrem Leben war sie so glücklich gewesen. Und noch nie hatte sie ihre Familie so sehr lieb gehabt.

»Ja«, sagte sie und drückte ihre Mutter noch einmal, dann ihren Vater und dann Paulina. »Ich bin wieder da. Und ich habe euch eine ganz unglaubliche Geschichte zu erzählen!«

ENDE

Danksagung

Eine Danksagung zu schreiben, ist immer ein ganz besonderer Moment im Entstehungsprozess eines Buches und mir fast so wichtig wie die Geschichte selbst. Denn wenn ich eines gelernt habe in den vielen Jahren, die ich jetzt schon Romane schreibe, dann ist es vor allem dies: Die besten Geschichten erzählt man nicht allein. Und *Amaias Lied* ist eine Geschichte, die auf vielerlei Art und Weise einen ganz besonderen Platz in meinem Herzen einnimmt. Daher ist auch die Danksagung eine ganz besondere für mich.

Die Arbeit an diesem Buch war insofern abenteuerlich, als dass während des Schreibens ein kleiner Mensch in mir gewachsen ist und der geboren wurde, noch ehe das letzte Wort seinen Weg ins Manuskript gefunden hat. Mein einzigartiger kleiner Erik, ich danke dir unendlich für das Glück, das du mir mit deinem Lächeln schenkst. Aber mindestens ebenso sehr danke ich deinem Vater Raiko Oldenettel für schier unerschöpfliche Liebe, Geduld und Kraft. Außerdem danke ich meinen unbezahlbaren und ebenso unersetzlichen Freundinnen: der weltbesten Sophie und der weltbesten Joh, dafür, dass sie mich in wirklich jedem Zustand ertragen und mir immer wieder helfen, aus meinem eigenen Gedankenkäfig auszubrechen. Ich danke meinen Eltern, meinem Bruder und meinen Großeltern für so viel Stolz, Unterstützung und den Glauben an mich und meine Geschichten. Maja Ilisch und ihrem Tintenzirkel, der auch nach sieben Jahren noch ein Ort im Internet ist, an dem ich mich zu Hause fühle. Tanja Heitmann, die für mich nicht nur Agentin, sondern auch Freundin und Ratgeberin in allen Lebenslagen ist und die die Zusammenarbeit mit dem Coppenrath Verlag erst möglich gemacht hat. Und natürlich meinen wunderbaren Lektorinnen Isabelle Ickrath, Sara Mehring und Kristin Overmeier, die den Text mit ihren Anmerkungen noch um so vieles verbessert und vorangebracht haben.

Ein weiterer wichtiger Aspekt, der die Geschichte um Marja und die Nachtwächter für mich so wichtig macht, ist allerdings die Tatsache, dass sie in meinem geliebten Barcelona spielt. Katalonien wird mir immer ein Gefühl von »Zuhause« geben, und deshalb muss ich an dieser Stelle auch den Menschen danken, die maßgeblich dazu beigetragen haben: Amalia, Alex und Angela – *mi familia española por siempre jamás!* – und Julia »la Julia« Schmidt, in der ich in der Ferne eine verwandte Seele gefunden habe. Danke, dass es euch gibt!

Und zu guter Letzt geht mein besonderer Dank an meine Hebammen Jule und Sabine, die mir im unglaublichsten Moment meines bisherigen Lebens beigestanden haben.

Danke.

Ana Jeromin, geb. 1983, wuchs in der Bergstadt Oerlinghausen am Teutoburger Wald auf. Das Schreiben und Lesen fantastischer Geschichten begleitet sie seit frühester Kindheit. Außerdem interessiert und begeistert sie sich für Kampfkunst, fremde Kulturen und Naturschutz. Nach dem Abitur lebte sie einige Zeit in Spanien, bevor sie in Bielefeld ein Biologiestudium begann. Nach Abschluss der Bachelorarbeit nahm sie eine Teilzeitstelle an der Universität an, bis sie sich im Juli 2010 als Schriftstellerin selbstständig machte. Bis heute lebt und schreibt sie in Bielefeld.

Andrea Russo
Gestrandet auf Internat Bernstein
240 Seiten. Gebunden
ISBN: 978-3-649-61532-3

Alles war perfekt, ganz ehrlich! Kira, Luca, Noah und ich haben jeden Tag im Schwimmbad rumgehangen, es gab Pommes spezial für alle und höchstens mal etwas Ärger mit meiner Schwester Katta. Und dann kommt meine Mutter plötzlich mit diesem Brief um die Ecke: »Wir freuen uns, Ihnen mitteilen zu dürfen, dass Ihre Tochter Paulina ein Stipendium auf Internat Schloss Bernstein erhalten hat.«
Mein Leben ist vorbei – was soll ich bitte auf einem Internat? Und dann auch noch eins auf einer Flussinsel! Der reinste Streberknast!
Aber Kira und ich haben schon den ultimativen Fluchtplan. Nach drei Tagen bin ich wieder raus. Spätestens!

Elisabeth Zöller, Brigitte Kolloch
Wir sehen uns in Paris
192 Seiten. Gebunden
ISBN: 978-3-649-61372-5

Isabella hat nur ein Ziel: Sie muss unbedingt nach Paris! Komme, was wolle! Denn dort lebt ihre Schwester Clara, die sie seit der Scheidung ihrer Eltern kaum noch sieht. Als wieder einmal ein Treffen an Claras Geburtstag zu platzen droht, kauft Isabella kurzerhand eine Zugfahrkarte Berlin–Paris. Nur ihre beste Freundin Hanna weiß Bescheid und soll die Eltern zu Hause mit Notlügen hinhalten. Doch dann kommt alles ganz anders als gedacht: Auf dem Weg zum Bahnhof klaut ein Straßenjunge Isabellas Tasche und mit ihr die kostbare Fahrkarte. Wutentbrannt verfolgt sie den flüchtenden Jungen durch die Stadt, bis hinein in den abfahrenden ICE Richtung Paris. Eine turbulente Reise beginnt …